FGO Mystery
困惑失措的鳴鳳莊考察
鳴鳳莊殺人事件
円居 挽
Illustration／本庄雷太
原作・監修／TYPE-MOON

演員介紹◆

米格爾・安赫爾・柯提斯（詹姆斯・莫里亞蒂飾）
納戴・那達共和國首任總統。

加布里艾菈・柯提斯（紫式部飾）
米格爾之妻。

安東尼奧・羅伯特・裘賓（薩里耶利飾）
前宮廷樂師。

艾莉絲（貞德 Alter 飾）
安東尼奧的姪女，歌唱能力出類拔萃。

洛瑪・克雷西（坂本龍馬飾）
日裔醫師，前軍醫。

巴爾加斯（奧茲曼迪亞斯飾）
已滅亡的納戴・那達王國王子。
隱瞞身分拜訪鳴鳳莊。

加西亞（阿拉什飾）
巴爾加斯的隨從。
與巴爾加斯一樣隱瞞身分拜訪鳴鳳莊。

薩拉查（?????飾）
加布里艾菈的傭人。

伊西多祿・波基歐里（崔斯坦飾）
自稱歌手，實際身分為偵探。

阿德莉安娜・莫里那利（瑪修飾）
波基歐里的助手。

柳・譚（柳生但馬守宗矩飾）
納戴・那達王國的將軍。

大藏・岡（岡田以藏飾）
納戴・那達王國軍傳說中的殺手。

The meibousou murders

目錄

序幕　「鳴鳳莊殺人事件」序　005
第一章　「鳴鳳莊殺人事件」　011
第二章　演員困惑　053
第三章　推理集合　075
阿拉什的考察　119
坂本龍馬的考察　129
薩里耶利的考察　139
貞德 Alter 的考察　149
崔斯坦的考察　161
加西亞（阿拉什飾）END　169
洛瑪（坂本龍馬飾）END　177
安東尼奧（薩里耶利飾）END　185
艾莉絲（貞德 Alter 飾）END　195
伊西多祿（崔斯坦飾）END　199
第四章　毛片　207
終章　復活的「鳴鳳莊殺人事件」　221
「鳴鳳莊殺人事件」破　急　229
尾聲　257

你是否曾經不滿書中劇情的發展或結局呢？……嗯，我想有吧。

世上絕對找不出人人都愛的故事。即使多少覺得它有趣，一旦認真找，還是能發現看不順眼的地方。

那麼，這回就談談創作的事吧。所謂的故事，只要不完成，就有許多可能性。但是從另一方面來說，要讓故事完成，必然得從中挑出一個。那麼創作者是基於什麼理由做出選擇，並且修剪其餘一切呢……

它就是個這樣的故事。

序幕

「鳴鳳莊殺人事件」序

戰火包圍下的王宮場景，響起旁白的聲音。

『加勒比地區的小國，納戴．那達王國。建國的首任國王，是個受到全體國民愛戴的男人。

然而隨著世代交替，王室的向心力漸漸衰退。連年失政導致國家蕭條，民心開始背離王室。

最後，出現一群期盼民主化的人，也就是革命軍。即使面臨這種狀況，國王依舊摀住耳朵窩在王宮裡，堅持不改奢侈生活。革命軍則有如吸收了人民的不滿一般，軍力日益壯大……

於是，這一天終於到來。』

王宮一處房間。三名男子之間，瀰漫著劍拔弩張的緊繃氣氛。

「……大勢已定了嗎？」

其中一人，身著戰鬥裝束的柳．譚將軍，平靜地說道。

「沒想到，我居然會判斷錯誤啊。」

不過，將軍旁邊那名斗笠遮眼的男子表示反對。

「為什麼？在戰場上把他們全部砍死就好了吧。只要可以撐到最後，贏的就是咱們啦。」

「蠢貨！你連局勢都看不清嗎，大藏。」

名為大藏的男子，聽到將軍這一喝之後沒有半點畏縮的模樣。不僅如此，他甚至激動地反駁。

「對啊，因為沒有父母教我嘛。我得不斷砍殺敵人養活妹妹才行。」

「終究不是個將才嗎……隨你高興去哪裡吧。」

聽到將軍失望地這麼說，大藏轉過身去。

「不用你說，我也會離開這個鬼地方。這下子我和你就沒關係啦。」

大藏氣沖沖地離開。一直默默旁觀的壯年男性總算開口。

「那麼，譚將軍……能不能請您投降呢？大家都這把年紀了，您也不會想受些無謂的皮肉傷吧？」

「被你擺了一道啊，柯提斯。」

譚將軍皺起眉頭。

「倒不是我不服輸。我早就知道，你的部隊會選擇先觀望；但是我本來以為，即使如此依舊能拿你們當牽制叛軍的稻草人。那麼，就該趁你們對瞪時從背後收拾叛軍。」

名叫柯提斯的男子，彷彿要對譚將軍的判斷表示讚賞般輕輕拍手。但是，他的眼裡沒有半點笑意。

「不愧是譚將軍，一點也沒錯。就因為這樣，才需要出乎你的意料。」

「只是沒想到，你居然會暗算我。你們的奇襲已經讓我軍潰敗，不過，接下來你打算怎麼辦？難道只靠你們的部隊能壓下叛軍？」

「這就是重點。你太正經了。其實我已經和革命軍談好囉。一旦控制王宮，我就會成為新政府的代表。畢竟，他們也不想流無謂的血嘛。」

「……邪魔歪道。想不到你已經腐敗到這種地步。」

譚將軍忿忿地說道。

「別怪我啊，譚將軍。不，或許該說都是你不好吧。」

旁白再度響起。

『米格爾・安赫爾・柯提斯副將軍的政變成了致命一擊，納戴・那達王國就此崩潰。很快地，納戴・那達共和國誕生，米格爾當上首任總統。

儘管衰退的國力難以恢復，民眾依舊咬緊牙關過著安穩的和平日子。

於是在革命的十年後……』

第一章
「鳴鳳莊殺人事件」

安東尼奧・羅伯特・裘賓神經質地敲了敲門。

「艾莉絲，還沒好嗎？」

一會兒後，穿著晚禮服的艾莉絲走出房間。表情顯得有些不滿。

「叔叔你真的是個急性子耶。」

「不是我性急，是妳動作慢。」

艾莉絲環顧走廊，嘆了口氣。

「話又說回來……沒想到這種像世界盡頭的地方，會有如此氣派的豪宅呢。」

「這裡原本是王室的別墅之一。雖然大多不是拆掉就是賣給民間，但是這裡被保留下來，成了米格爾的私人住家。」

安東尼奧說著，輕撫走廊牆上的張口鳳凰紋章。

「那個米格爾不是已經死了嗎？」

「是啊，沒想到那個男人還不到六十歲就去世了。唉，世間事真難料啊。」

安東尼奧聳聳肩，指向走廊彼端。

「好啦，向遺孀打聲招呼吧。」

兩人一進大廳，就有一位年輕女性上前迎接。她正是鳴鳳莊的女主人，加布里艾菈・柯提斯。

「安東尼奧先生、艾莉絲小姐，歡迎兩位蒞臨。」

聽到加布里艾菈的招呼聲，安東尼奥彬彬有禮地低下頭。

「有幸受邀，在下備感光榮。」

但艾莉絲只是盤起雙臂，盯著加布里艾菈的臉。儘管非常沒禮貌，加布里艾菈卻沒有絲毫半點介意的樣子。

「我還得以鳴鳳莊新主人的身分招待各位。乾杯時間快到了，晚點再聊。」

說完，加布里艾菈便轉身離去。艾莉絲一臉不高興地目送她的背影。

「哼，裝模作樣。心裡八成很高興吧。畢竟丈夫早早死掉，之後就可以隨心所欲地揮霍遺產。不過從她當米格爾養女的時代算起，已經一起生活十年了……實在不值得把人生這麼大一部分奉獻出來。完全不會讓人羨慕。」

安東尼奥板起臉對艾莉絲說教。

「艾莉絲，講話小心點。」

「我知道啦，叔叔。話說回來，那個美男子是誰呀？」

艾莉絲的視線彼端，有個身穿白色軍服的男人。他將長髮束在腦後，頭上戴著軍帽。安東尼奧仔細端詳了一下這人。

「感覺在哪裡見過。不對，那身軍服是王國時代的……」

男子似乎也注意到安東尼奧他們的目光，很快就走來向兩人打招呼。

「您該不會就是擔任宮廷樂師的安東尼奧・羅伯特・裘賓老師？」

「正確說來是前宮廷樂師……你是？」

「洛瑪・克雷西。以前待在柯提斯副將軍的部隊裡。」

「……啊，難怪我有印象。」

艾莉絲百無聊賴地看著兩人的應酬。

「因為我們在王宮見過好幾次面。不過，老師應該不會記得我吧。」

「但是……沒有其他像部下的人出席啊。看來米格爾先生相當器重你。抱歉我對政治不太熟，該不會你是政府的高官？」

「對政治不熟這點我也一樣。新政府成立之前我就已經辭職，現在是個醫生。真要說起來，當初從軍也只是因為家裡貧窮想免錢學醫罷了。」

「喔，所以你以前是軍醫啊。」

「話是這麼說，但你看起來經過一番打扮耶？」

艾莉絲沒禮貌地扔出這麼一句話。然而洛瑪不以為意，笑著回答：

「嗯，這是我當年唯一一套能看的服裝。它奇蹟似地沒被蟲咬壞，所以我想應該還可以穿來出席正式場合。咦，這麼說來妳是？」

「……艾莉絲，聽過嗎？」

艾莉絲沒好氣地報上名字。不過聽到這句話之後，洛瑪似乎就弄清楚艾莉絲是什麼人了。

「啊，妳就是那位歌姬嗎！最近每天都能在廣播裡聽到妳的歌聲。診所的收音機我可是一直開著沒關喲。因為妳的歌聲遠比我更能治療患者。」

艾莉絲得意地挺起胸膛。

「我的歌聲配上叔叔的曲子，這也是理所當然嘛。」

「真諷刺，居然是在離開宮廷之後，我才成為一個成功的音樂家。」

「這代表世間終於追上老師的腳步啦。」

「……或許是吧。」

「不過叔叔，就算得到平民的讚賞也不會讓你開心對吧？」

「別多嘴。」

安東尼奧出言責備艾莉絲，然後向洛瑪道歉。

「抱歉，我的姪女實在太失禮了。這孩子總是不肯學習禮儀，我很擔心她將來沒人要哪。」

「話又說回來，真虧您有辦法逃過那場屠殺呢。畢竟在城破的那一天大家下手毫不留情，就連非戰鬥人員也不放過。」

「呃，那是……」

安東尼奧含糊其詞。洛瑪見狀，立刻搖了搖頭。

「抱歉。對我來說，那也是一段不堪回首的記憶，我不該貿然談起這個話題。那麼，晚點再聊。」

洛瑪說完後逕自離去。

艾莉絲重新打量大廳，然後訝異地開口。

「叔叔，地方雖然大卻沒什麼人耶。這裡的人，用兩隻手就數得完。」

「這點我也很在意。」

「而且……來到這裡的，幾乎都是些比較年輕的男性。不過嘛，叔叔你已經不年輕就是了。」

艾莉絲最後這句話令安東尼奧皺眉，但他依舊點了點頭。

「這麼說來的確如此。都是些感覺跑錯地方的人。」

安東尼奧望著不遠處的兩名年輕男子這麼說道。看起來好相處的男性與看起來不好相處的男性……兩人都晒出一身健康的膚色，但是沒穿禮服。

「我聽到囉。兩位是作曲家和歌姬對嗎？」

看起來好相處的男子主動向兩人搭話。

「你們是？」

聽到安東尼奧詢問，不知為何是看起來難相處的男子先回答。

「余……不，我叫巴爾加斯。」

「我叫加西亞，是巴爾加斯的搭檔。抱歉啦，我和搭檔都穿得很邋遢。」

「嗯……話說回來，兩位和死者的關係是？」

「沒禮貌的傢伙，你的意思是指我不配出現在這裡？」

加西亞安撫生氣的巴爾加斯。

「唉呀，鄉下人的土氣會讓人家笑話喔。抱歉啦。我們平常打獵謀生，不太懂什麼社交禮儀。」

艾莉絲一臉驚訝。

「你們是獵人？」

「對啊。我們聽說米格爾先生是個美食家，心想如果他能定期收購我們打到的獵物就再好不過。不過就在這門生意好不容易要開始的時候，米格爾先生卻去世啦。於是呢，那位加布里艾菈小姐就成了新買家。我們得好好推銷呀。」

「……唔。原來是這麼回事。」

和話多的加西亞相比，巴爾加斯顯得不怎麼會說話。不過，加西亞笑著拍了拍巴爾加斯的肩膀。

「太拘謹啦，搭檔。他平常很和善的，可能是有點緊張吧。晚點喝了酒，比較放得開之後，我們再來找兩位聊聊。」

「嗯，待會兒見。」

加西亞和巴爾加斯離去。安東尼奧和艾莉絲以懷疑的眼神望著他們的背影。

「加西亞也就罷了，巴爾加斯似乎還不太習慣自報名號呢。」

「妳以為我動用了多少關係才受到邀請啊。這樣的場合，照理說不該邀請他們那種人才對……」

「既然如此，搞不好他們的請帖是從別人手裡搶來的呢。」

「自稱巴爾加斯和加西亞，或許單純只是因為請帖上這麼寫。但是他們目的何在？果然還是『柯提斯的遺產』嗎？」

聽到安東尼奧的疑問，艾莉絲露出很八卦的笑容。

「搞不好啊，那兩人盯上了加布里艾菈喔。畢竟她被迫和那種老頭子結婚嘛，想和年輕男性玩玩也是人之常情吧？而且那兩個人晒成那樣，看來很健康。」

「……妳實在是太口無遮攔了。所以人家才說妳只要唱歌就好。」

「話說回來，那邊看起來很奇怪的雙人組呢？就另一種角度來說，他們也給人跑錯地方的印象耶。」

艾莉絲所指的方向，有個懷抱豎琴的長髮男性，他身旁站著一名短髮少女。

「我也很在意他們。試著搭話看看吧。」

「嗯，仔細一看，那個男的很英俊呢。」

安東尼奧快步走近兩人，向男性搭話。

「打擾一下，方便請教您的大名嗎？」

「我嗎？我是旅行樂師，伊西多祿・波基歐里。」

伊西多祿說完，以指甲撥起豎琴。

「敝人是安東尼奧・羅伯特・裘賓，作曲家。」

「嘿，居然是作曲家呀。」

「這位是？」

艾莉絲對只是在旁邊看而沒報上姓名的少女這麼問道。少女顯得很慌張，連忙回答：

「我、我是助手阿德麗安娜・莫里那利，負責幫老師的忙。」

「嗯……妳明明是實習生，人家卻連樂器都不讓妳拿嗎？」

說著，艾莉絲打量起阿德麗安娜。

「啊、那個，就是這樣。因為，我完全沒有才華，所以沒資格碰……」

伊西多祿看著阿德麗安娜，輕咳一聲。

「阿德麗安娜，把『沉默是金』這句話學起來。」

「是、是的！非常抱歉！」

「艾莉絲，妳也別多嘴。」

「是～」

艾莉絲言不由衷地回應。

「那麼晚點再聊。我們去和那兩位精悍的青年打招呼。」

說完，伊西多祿他們便走向加西亞與巴爾加斯。

「真可疑。聽到我們的名字好像沒反應耶。」

艾莉絲悄聲說道。安東尼奧也壓低聲音回應。

「『樂師』或許是某種障眼法。」

「看樣子每個人都有點怪呢。」

「要這麼說的話，我們也一樣啊。妳可別太引人注目喔。」

「是，叔叔……我們都是為了達到自己的目的才會來到這裡，對吧。」

就在兩人交頭接耳時，一名胸前掛著十字架的傭人從他們面前走過。艾莉絲對傭人的容貌有所反應。

「那個傭人，我好像在哪裡見過他耶。」

「他是日前主持葬禮的神父。」

「喔，因為是個好男人才會讓我留下印象啊。不過，神父為什麼要打扮成傭人的樣子？」

說到這裡，那名傭人轉過頭來。

「唉呀，是安東尼奧先生和艾莉絲小姐。兩位有什麼事嗎？」

「不，沒什麼……」

安東尼奧顯得很狼狽，艾莉絲倒是膽大包天地這麼詢問傭人：

「我剛剛在問叔叔，為什麼神父要打扮成傭人的樣子。」

「艾莉絲！」

艾莉絲太過直接的發言，讓安東尼奧厲聲喝止。但是傭人聽了微微一笑。

「嗯，這也是理所當然的疑問吧。單純是因為我什麼都會……悄悄告訴兩位，其實我在十年前失憶，是米格爾大人收留走投無路的我。從此以後，我開始學習各種能幫上米格爾大人的技能。」

「呃，但是也不至於連神父都……」

艾莉絲看來無法接受，但是傭人並未放在心上。

「恕我冒昧，招待的賓客就只有這些人嗎？參加葬禮的人應該更多……」

「是的，全員到齊了。安東尼奧先生、艾莉絲小姐、加西亞先生、巴爾加斯先生、洛瑪先生、伊西多祿先生、阿德麗安娜小姐……受到已故米格爾大人邀請的對象，就是以上各位。請帖我也已經確認過了。」

「但是米格爾先生已經過世，這樣不就無法確認是不是本人了嗎？」

「對啊對啊。我們這種名流姑且不論，漂泊不定的獵人和樂手很可疑吧。」

傭人搖搖頭。

「兩位的顧慮很有道理。儘管記憶依然沒有恢復，但是我對米格爾大人的感激之情分毫不減。因此如果在場有不速之客，將由我親自處理。」

「處理是指……」

「我剛剛說過自己什麼都會對吧？」

看見傭人說得若無其事，艾莉絲的表情有些痙攣。

「我這就去拿乾杯用的酒來，請稍候。」

艾莉絲目送傭人離去，盤起雙臂嘀咕。

「那就是加布里艾菈的新情人嗎？還真是鞠躬盡瘁呢。」

然而安東尼奧沒有回應她，只是沉默不語。此時，和大家打完招呼的加布里艾菈走來。

「安東尼奥先生、艾莉絲小姐，再次歡迎兩位蒞臨鳴鳳莊。」

「感謝您的招待。」

「……妳就只會說這句話嗎？」

艾莉絲毫不掩飾對於加布里艾菈的敵意。加布里艾菈顯得相當困惑，這時方才那名傭人宛如要拯救身陷絕境的主人般，端著銀托盤出現。

托盤上擺著三個酒杯。

「請取杯，各位是最後了。」

「謝謝你，薩拉查。」

傭人……薩拉查面不改色，只是眨了眨眼。

「您先請。」

安東尼奥基於女士優先原則想讓對方先拿，但是加布里艾菈搖搖頭。

「不，我是主人，所以我拿剩下的。」

「這樣啊。那麼艾莉絲，妳也拿吧。」

「……哼。」

被對方逃掉的艾莉絲，不高興地拿起酒杯。看見安東尼奥和艾莉絲拿了之後，加布里艾菈才拿起最後一杯酒。

「……看來大家手上都有酒杯了。那麼，還請各位享受在鳴鳳莊停留的時光。乾杯！」

「乾杯！」

這個瞬間，眾人異口同聲。接著大家一同以杯就口。

「請將這裡當成自己家，好好放鬆。」

將杯中酒喝掉一半的加布里艾菈這麼說完之後，準備離去，但是艾莉絲攔在她面前。

「欸，加布里艾菈，妳現在感覺如何？」

「啊？」

「畢竟妳明明出身不怎麼樣，卻靠著把青春賣給那個老頭而變得這麼有錢嘛。貧窮還真好呢。」

聽到艾莉絲的惡言惡語，加布里艾菈面露哀傷。然而下一瞬間，加布里艾菈已經往前倒在艾莉絲身上，杯中酒全潑了出來，在艾莉絲的禮服上造成一大片汙漬。

「喂！酒灑到我身上了耶。這下子妳要怎麼辦？」

「實在是、非常、抱——」

加布里艾菈還來不及為自己的疏忽致歉，就已倒地不起。出乎意料的發展，令艾莉絲無比狼狽。

「喂，等一下，這是怎樣……為什麼她倒下啦？」

阿德麗安娜跑向倒地的加布里艾菈，將她抱起。

「加布里艾菈小姐？醒醒啊，振作一點！」

「有魔力資源當然是最好……可是該怎麼辦呢。」

徬徨海，新迦勒底的管制室。希翁・艾爾特納姆・索卡里斯一個人瞪著螢幕。

「在這個馬上就要衝入異聞帶(Lostbelt)的時間點，實在不太想抽調人手耶……」

管制室的門開啟，紫式部跟著走了進來。

「不好意思，我遲到了……是不是讓妳等很久了？」

希翁面帶笑容迎接惶恐的她。

「沒關係，不需要賠罪。反正這次也不是什麼特別緊急的狀況。」

實際上，這個案子有時限，不過在這種時候說出口，只會讓式部更加惶恐。

「話說回來，妳說要找我商量的事，究竟是怎樣的……」

「關於這個啊……其實是在這種即將衝入下一個異聞帶的時期，偏偏觀測到了微小特異點。」

雖然以整體人類史來說，只是個有如小小汙漬的特異點。

「我看了看裡面，發現是個非常奇妙的地方。真要說起來，它有類似加勒比地區的海洋氣息，卻又有所不同，在狹小的世界裡擠了許多景點。城堡啦、豪宅啦、叢林啦，毫無節操。而且全都是精美的人造物。」

「……似乎很適合拿來拍電影呢。」

式部無心的應和，讓希翁不由得拍了一下手。

「就是這個。沒錯，就是電影。」

「啊？」

「看樣子，是那些未完成電影的意念形成了特異點……可能是這樣吧。就我的推測，搞不好和某個電影導演或劇作家的亡靈有關。如果硬要取名，大概就類似……漂流電影空間好萊塢？不過，因為已經被丟著不管太久，再三天左右就要消滅了。就這點來說，對人類完全不會構成威脅。」

基本上，如果不修復特異點而將它放著不管，會對人類史造成壞影響。然而，其中也有不至於產生影響的微小特異點。

「但是我記得以前提過，微小特異點也是特異點，如果不好好修復會帶來不良影響……」

「就這樣囉。它看起來就和之前的溫泉旅館一樣，放著也沒問題，不過錯誤留著還是會讓人不舒服吧？而且修復它可以回收聖杯碎片。」

從特異點回收的聖杯碎片，能當成迦勒底的魔力資源運用。就這點來說，現在修復它也有益處。

「本來呢，等到從下一個異聞帶回來之後再慢慢地修就好，但是這麼一來就太遲了。」

「原來如此……可是為什麼會找我？」

「我試著調查這個特異點之後，發現好像只要在裡面拍完電影就能修復。所以我想，找作家型從者負責導演和劇本應該比較快。」

其實也可以拜託安徒生和莎士比亞，之所以找上式部，則是因為希翁覺得她拒絕的可能性最低。

「我明白了。以前替各位添麻煩的份，請讓我借這個機會誠心誠意地補償。」

一如希翁預料，式部答應了。

「雖然是我拜託妳的……不過畢竟異聞帶攻略在即，所以物資和人員都不能隨意揮霍，這點還請體諒。」

式部默默地點頭。

「而且最重要的是，距離消滅只剩短短三天，也沒辦法花時間召集人手，這樣沒問題嗎？」

「……我想應該可以。」

實際上，希翁知道式部都把時間用來讀書。即使如此依舊找上式部，是因為看中了她的責任感。儘管攝影過程多半得耗費很大的心力，但是她一定會努力達成目標。

「當然，這件事我也會告訴立香和瑪修。如果需要人手，就去找她們商量。」

如果是那兩人，必然能減輕式部的負擔。

「好的。那麼我先回圖書館整理構想。」

式部微微一笑，隨即離開管制室。

「……所以呢，在妳們兩個休息時所發生的事，差不多就是這種感覺。」

「進度太快啦！」

我還在想怎麼會突然被叫來管制室，希翁就告知我這次的任務。

「那麼前輩和我該做什麼才好呢？」

可愛的後輩——瑪修．基利艾拉特這麼問。

「我的任務是……當前輩的護衛嗎？」

希翁搖搖頭。

「沒這個必要。就我調查的結果，完全沒有敵性反應。我是希望瑪修小姐能幫忙紫式部。」

「那麼，我可以發呆囉？」

當然不可能，但是我故意裝傻。

「不。就某方面來說，妳負責最重要的工作喔。來，收下這個。」

說著，希翁交給我一臺小型機器。從它有鏡頭看來，能推測出是某種攝影機。

「這是達．文西出於興趣製作的攝影機。輕便好用對吧？由外行人來也能拍得很漂亮，而且能連續錄影數十個小時，非常優秀。妳就當成練習，接下來除了睡覺上廁所以外的時間都拿來拍攝吧，拜託了。」

「嘿～這樣啊～哼……」

明明這麼小，性能卻很優秀，這攝影機究竟是怎麼做的啊？儘管話還沒說完，但是我已經忍不住開始把玩它了。

「難道說，從現在開始？」

希翁露出意味深長的表情點點頭，不得已，我只好啟動攝影機開始拍。

「……只要拍完電影，就能修復特異點，最糟糕的情況下，我想拍個紀錄片應該也行。既然如此，就算途中出了什麼意外導致攝影中斷，好歹還是能弄出一部片吧？」

「啊，所以是紀錄片就從這裡開始的意思對吧。」

瑪修在說話的同時不停瞄向攝影機，大概還是很在意吧。

「妳們理解得這麼快真是幫了大忙。雖然我也信任紫式部的手腕，不過凡事總有萬一嘛。」

原來如此，不愧是希翁。居然想到用這種方式安排備案，實在是無懈可擊。

「那麼，麻煩妳們去圖書館。剪輯會由穆尼爾處理，總之盡量拍吧！」

突然被點名的工作人員金格・阿貝爾・穆尼爾，吃驚地看向我們。從希翁吐舌頭想蒙混過去看來，穆尼爾無疑是第一次聽說這事。

「這樣啊……那麼，我們走囉。」

我不想掐多餘的後臺紀錄，於是和瑪修離開了管制室。

到了迦勒底的大圖書館後，發現式部坐在櫃檯寫東西。我們決定先過去打聲招呼，然而她完全沒注意到有人靠近。不僅如此，她似乎完全陷進寫作裡，口中喃喃自語。

「雖然特異點也有服裝，然而實際上能不能用，不到當地無法確定……安排角色時必須把這點也考慮進去才行。雖然大部分已經決定……不過最後一人……適合這個角色的……」

「那個……妳好，紫式部小姐。」

瑪修戰戰兢兢地出聲後，式部才回過神來看向我們。

「啊，瑪修小姐，還有御主……」

「藤丸立香，前來報到。」

我誇張地敬禮，希望能讓式部稍微放鬆一點。

「瑪、瑪修・基利艾拉特，同樣前來報到。」

「啊……是希翁小姐派妳們來的對吧。有兩位幫忙，讓我鬆了口氣。」

式部顯得很高興，但是臉上倦意濃厚。

「呃，真的不要緊嗎？」

我盯著式部的眼睛問。

「是的。劇本的話不久之前……已經寫好了。演員也差不多挑選完畢，大家都答應幫忙。」

「太好了。」

……她的眼神似乎游移了一下，真的沒問題嗎？

就在我猶豫著是否該追問時，式部已經開始拜託瑪修。

「如果可以，那個……希望瑪修小姐也能演出……方便嗎？」

「我、我很樂意！」

儘管這麼回答，瑪修的表情卻顯得很緊張。

「可以嗎，瑪修？」

「沒問題……不過是演戲，要排練多久都……！」

令人不安。不過嘛，反正還有其他外行人，當事者這麼積極總會有辦法吧。

「太好了……！還有……啊，主要角色——」

說到這裡，式部環顧起圖書館，一會兒後目光停留在一名壯年男性身上。

「咦……那是莫里亞蒂先生……？他在做什麼呀？」

詹姆士・莫里亞蒂……在十九世紀末倫敦令萬眾畏懼的犯罪王。他站在原地，滿頭大汗。

仔細一看，明明附近就有桌椅，莫里亞蒂卻有如結凍般一動也不動。看樣子是老毛病腰痛發作了。

正當我猶豫該不該跑過去幫忙時，莫里亞蒂已經露出下定決心的表情，對桌子伸出手尋求支撐。

但是他失去了平衡，手壓到放在桌上的精裝書。就在這一瞬間，我清楚聽到了某個令人不舒服的聲音。

「啊啊……」

式部悲痛地出聲。莫里亞蒂儘管勉強就座，但是他壓到的那本書，書皮與本體分家了。

「……總而言之，先過去莫里亞蒂先生那邊吧。」

我們三個依著瑪修的提議走過去，此時少女英靈——童謠，正好有事找上莫里亞蒂。

移動到能聽到兩人對話的距離後，我悄悄豎起耳朵。

「欸，叔叔，你有看到放在這邊的書嗎？書皮的顏色是薄荷綠……」

書皮顏色是薄荷綠……應該就是方才遭到莫里亞蒂損傷……不，破壞的書吧。至於那本書的殘骸，此刻就在莫里亞蒂的腿上。

「那本書的話，在我坐下來之前就被人家拿走囉。」

莫里亞蒂面不改色地這麼說。不過嘛，一想到說出真相可能會弄哭人家，這也是不得已。

但是童謠沒有乖乖離去。

「那麼，我在這裡等它回來。」

莫里亞蒂眼中漾起深沉的悲痛，對她搖搖頭。

「小妹妹……很遺憾，妳還是死心比較好。當成它再也不會回來，心裡會舒坦一點。」

聽到莫里亞蒂這幾句話，童謠難過地低下頭。

「是這樣嗎？既然如此……我該怎麼辦才好？」

莫里亞蒂彷彿要安慰她一般，柔聲說道。

「跟我來吧。無論妳想要什麼，我都會幫妳準備。」

大概是想用這招爭取時間，然後趁機找找看有沒有修復書本的方法吧。

「那個，莫里亞蒂先生。」

一直在找機會開口的式部，有些焦急地出了聲。

「什、什麼事呀？」

莫里亞蒂心虛地回應。

「有些事想和您談一談，不曉得您方便嗎？」

莫里亞蒂一邊點頭，一邊拚命將腿上的書藏到童謠看不見的角度。

但是童謠似乎沒注意到莫里亞蒂的苦戰，天真地這麼說：

「叔叔你們要談大人的事對吧？那我就不打擾了。叔叔，不要忘記約定喔。」

「嗯，等我忙完。」

莫里亞蒂鬆了口氣，目送童謠離去。

「所以呢，有什麼事要找我呀？」

式部重新對莫里亞蒂說明拍電影一事。聽完之後，莫里亞蒂深深點頭，並且這麼回答。

「原來如此。既然是這樣，我當然不會吝於幫忙……但是有個條件。」

「好的，是什麼呢？」

莫里亞蒂靜靜地遞出損壞的書本，滿懷歉意地提出請求。

「希望妳能修一本書……應該說，希望妳能原諒我。我不小心把書弄壞了。」

不用說，式部自然是滿面笑容地答應。

城堡裡。兩名腳踩紅地毯的男子正以言語交鋒。

「……邪魔歪道。想不到你已經腐敗到這種地步。」

「別怪我啊，譚將軍。不，或許該說都是你不好吧。」

柳生但馬守和莫里亞蒂逼真的演技，散發出令人無法呼吸的緊張感。

「好，卡。這次沒問題了。」

瑪修一這麼說，莫里亞蒂就鬆了口氣。

「呼……接下來只剩加入旁白對吧。」

由於大家兩小時前才靈子轉移到特異點，因此目前只找了莫里亞蒂、但馬守、岡田以藏拍序幕兼做測試。

呃，不過話又說回來……好累。

「這麼一來，但馬守先生、以藏先生的部分就拍完了。兩位辛苦了。」

聽到式部這句話，但馬守露出笑容。

「居然這樣就結束……還真是平淡。」

「我原本以為你會先放棄呢。看來是我比較沉不住氣。」

接著，莫里亞蒂又小聲地這麼說：

「……他重來的次數已經數不清了，對吧。」

莫里亞蒂的視線彼端是以藏。老實說，光是序幕就重拍到我快崩潰了。他不止會忘記臺詞和演技，而且一下吵著要喝酒一下嚷嚷著要回去。雖說大藏．岡這個角色是拿以藏當藍本寫的，無法考慮其他演員，然而式部要是知道會這麼辛苦，多半就不會選以藏了吧。

不過，但馬守倒是氣定神閒地這麼回答。

「只要是主君的命令，我一定會做到。無論有多麼艱苦都一樣。」

「你這種耿直個性，就某方面來說還真令人羨慕呢。」

「以藏先生，辛苦了。」

瑪修出言慰勞以藏。

「之後請在迦勒底好好休息。等到完成之後會邀你參加放映會的！」

「……我才不要。」

以藏冒出一句出人意料的回答。

「啊？」

「龍馬他們好像再過一會兒就到。又想排擠我嗎？居然想偷偷享樂，我可沒那麼好打發。」

口出此言的以藏，眼裡已經帶有怒意。

坂本龍馬會來這個特異點是事實，但他是來當演員的，根本不會發生以藏想的那種事。

「岡田先生，這次拍攝絕對不是那種歡樂的……」

「真要說起來，我是剛剛才知道這樣就沒了。妳該不會……是在騙我？」

儘管沒拔刀，以藏的身體卻散發出殺氣。這人的缺點，就是一旦起了疑心便會難以收拾。

正當我煩惱該怎麼辦時，但馬守已經攔在以藏面前，彷彿要保護式部一樣。

「……看來野狗需要管教一下。」

說著，但馬守拔出愛刀。

「哈，我還嫌不過癮呢。」

以藏面露喜色，揮刀砍向但馬守。

劍術高手之間的戰鬥，動作快到我的眼睛實在追不上。

以藏的出招次數壓倒性地多。他的劍技依然俐落，斬、刺、掃之間不留空隙。

面對這種風暴般的連環攻擊，但馬守始終在千鈞一髮之際閃過。

「前輩……該怎麼辦？」

「總之先交給但馬守吧。我總覺得，如果是他就能順利擺平。」

但馬守一直沒有攻擊，然而他似乎不是無法出手，單純是在等待好機會……

於是，時候到了。

「哼！」

但馬守抓準攻擊的些許破綻，對準在短短一瞬間沒設防的以藏身軀揮出一刀。

「嗚喔喔喔喔！」

以藏挨了但馬守一擊，摔倒在地。他神情痛苦地試圖用手摀住傷口……

「居然被……沒被砍到？」

定睛一看，理應出現在以藏身上的傷口不見蹤影。不僅如此，仔細觀察後更是發現他毫髮無傷。剛才那一刀明明非常漂亮……

「不，我剛剛確實被砍中了。」

看見以藏又摸胸口又摸肚子確認傷勢的模樣，收刀回鞘的但馬守開口。

「在砍中之前掉轉刀鋒，只送出『我砍到了』的意念。這是一種只對習武者有用的『考驗』。如果對方打從心底覺得自己被砍中了，就會生效。」

大概是覺得對方手下留情吧，以藏憤怒地站起身來。

「區區的道場劍法……竟敢小看我！」

以藏立刻擺出要再來一場的架勢，但馬守卻伸手制止。而且後者也沒有要拔刀的意思。

「唉呀，先等一下。道場劍法是拿木刀對打，擊中會痛。但是接下來我們要表演的，好像是不會痛的劍法喔？」

說著，但馬守對我使了個眼色。看樣子他似乎有收拾這個場面的妙計。

「不會痛的劍法……哪可能有這種東西啊。」

以藏理所當然地反駁。

「不，當代似乎會以未開鋒刀劍進行不砍中彼此的互鬥。就類似這樣，看起來像是砍中了……那是叫什麼呀，主公？」

聽到但馬守這麼一問，我趕緊總動員腦裡的知識。

「……那叫殺陣。」

「對，殺陣。一種在旁人眼裡像是真劍互砍的表演。」

還好，我沒弄錯。

「啊？那種用來表演的劍哪有什麼樂趣啊？」

以藏一副打從心底搞不懂的表情問道。

「好啦，閣下能將殺陣表演得多精采呢？」

「哼，我對這種扮家家酒的互砍一點興趣也沒有。」

以藏掃興地收刀。

「這種麻煩的事就交給龍馬，我還是早點回去喝酒吧。」

說完，以藏逕自離去。顯然打算就這麼回迦勒底。

「真是不簡單。一時之間我還在想會怎樣呢。」

方才躲起來以免遭受牽連的莫里亞蒂，回到但馬守面前。似乎是對於將以藏丟給人家應付感到愧疚。

「唉啊，有血……」

但馬守的身體滲出血來。看樣子他沒能完全制住以藏的劍。

「……那人是隻沒戴項圈的凶暴野狗，有這種結果也是難免。」

「把這種吃虧的工作丟給你，實在很抱歉。」

「我倒不這麼認為。究竟是哪一邊吃虧，不到結束不會曉得……我先走一步，之後拜託了。」

說完這句話之後，但馬守跟著離開。式部目送他的背影，鬆了口氣。

「……雖然剛剛有點頭暈，不過看來姑且算是沒事了。」

「以藏也是因為突然聽到收工才會動搖吧，如果一開始說清楚就沒事了。真是不幸的誤會啊。」

「我本來也有這個打算……那個……」

就在兩人交談當中，突然有人出現。仔細一看，來者不是以藏也不是但馬守，而是脖子上掛著十字架的瀟灑褐膚男子。

「喔，你是？」

「我還在想怎麼有點吵……該不會是在拍電影？」

男子儘管口氣有些粗魯，卻看不出有敵意。莫里亞蒂大概也這麼認為，於是詢問他的身分。

「你是什麼人？」

「我想不起自己的名字啊。雖然好像是為了拍電影才被召喚過來，卻一直等不到開拍……我原本以為只能就這麼等著消滅，已經死心了呢。」

這名男子，看來是從者。不過居然會有忘記自己真名的從者……

「那個……該不會……你願意協助我們拍片嗎？」

初次見面就提出這種要求。以式部來說，這麼做感覺有點厚臉皮，可能無論如何都需要這個男人吧。

老實說，男子好像也興致勃勃。

「嗯，如果各位不嫌棄，那麼我很樂意。」

「可是沒有名字還是不太方便啊。」

聽到莫里亞蒂這麼說，式部露出靈光一閃的表情。

「既然如此，薩拉查怎麼樣？雖然是還沒決定演員的角色名。」

「薩拉查……聽起來不錯呢。薩拉查……薩拉查……」

男子反芻似地重複這個名字。

「那麼，從現在起請叫我薩拉查。」

「我是紫式部，這位是詹姆士・莫里亞蒂先生。」

「那麼我要飾演怎樣的角色呢？當然了，無論什麼角色，我都會將它完美地演出來。」

「明明沒有記憶，這種強烈的自信是哪來的呀？」

莫里亞蒂再次以當事者聽不到的音量嘀咕。然而式部假裝沒聽到，這麼告訴薩拉查：

「接下來要和各位主要演員會合，到時候再說明。」

我們移動到大廳場景之後，結束靈子轉移的其他主要演員已經在那裡等待。

坂本龍馬、阿拉什、奧茲曼迪亞斯、崔斯坦、瑪修、薩里耶利、貞德Alter……順帶一提，薩里耶利穿西裝，貞德Alter則是穿禮服登場。

「所以呢，為什麼要指定這種裝扮？」

「很適合妳喔。」

受到式部讚美，貞德Alter得意地點頭。

「也對。既然適合就無所謂。」

「序幕已經拍完，要輪到本篇了。」

說到這裡，式部不知為何神情黯淡，沉痛得令人無法直視。仔細一看，眼角還泛出淚水。

讓我有不祥的預感……

「怎麼啦，式部？」

「到了這個時候才說這種話，實在是非常抱歉，不過……其實……劇本還沒有完成！」

怎麼會這樣……應該早一點說出來的。

「啊～？」

聽到貞德 Alter 這麼說，式部更是縮到令人不忍卒睹。

「那個……只是輸出趕不上而已，內容都在我腦袋裡。所以拍攝時，每個場景都要請各位將臺詞一句句地記下來。真的是非常抱歉。」

式部眼淚都快掉下來了。

「也太亂來了吧！」

「唉、唉呀，畢竟不在預料之中的意外很多嘛……」

像是以藏耗掉不少時間之類的。

有人幫忙緩頰後，貞德 Alter 聳聳肩。

「……沒辦法。不過，臺詞別太長喔。還有，也不可以太難。」

看樣子貞德 Alter 願意協助拍攝了。

「唉，沒辦法。畢竟製作方面幾乎都是她一個人處理嘛。」

龍馬也沒有什麼不滿。出乎意料，大家都願意接受這種狀況。

仔細一想，修復特異點也很難讓一切發展都按照預期嘛。能夠應對意外才是個好御主。

「話說回來，那位陌生的從者是？」

聽到龍馬說，薩拉查一鞠躬。

「敝人是薩拉查。話雖如此，但我因為失憶想不起來自己是誰，所以只是借用角色的名字而已。」

「我請薩拉查先生飾演薩拉查神父。這個角色設定上是失去了記憶，不清楚過去的事。」

就許多方面來說都很適合他的角色。

「薩拉查先生，請多指教。」

瑪修一向薩拉查打招呼，後者就不知道為什麼愣住了。他神情嚴肅，緊盯著瑪修的臉。

「……那個，薩拉查先生？」

「……嗯，我也要請妳多指教。美麗的小姐。」

薩拉查一眼就看上了瑪修。這倒不是什麼壞事，但是他完全沒理會就在旁邊的貞德 Alter。

「……真讓人不爽。」

「唉呀，人家或許只是怕生。」

這樣下去薩拉查搞不好會被抓去火烤，於是我連忙拉開貞德 Alter。式部見狀開口說道：

「那麼，等到說明完各位的角色之後，就馬上開始拍攝吧。雖然有很多不熟悉的地方，不過還請大家奉陪到最後。」

終於正式開拍了。

薩里耶利飾演的安東尼奧與貞德 Alter 飾演的艾莉絲，移動到鳴鳳莊大廳與各登場角色對話，我默默地將這些都拍攝下來。

大家明明都是外行人卻沒弄錯臺詞，真是了不起啊……

「……立香（My girl）、立香。」

莫里亞蒂小聲叫住我。

「那個鳳凰紋章的水貼，已經都貼到布景上囉。」

張口鳳凰的紋章……直觀來說就是鳳凰鳴叫的圖案，應該是鳴鳳莊的象徵吧。

他將印上這種紋章的水貼，貼到布景各個角落，下達指示的人正是式部。

將電影舞臺命名為鳴鳳莊的人，也是式部自己，不過有必要強調鳳凰到這種地步嗎……等有空再問問看好了。

「唉呀，真是辛苦的作業呢……」

明明正在拍攝，莫里亞蒂依舊毫不在意地向我搭話。難得拍攝這麼順利，要是因為這種小事重拍可就對不起大家了。

「噓。」

我忍不住以嚴肅的表情警告他。但是莫里亞蒂不太高興地聳聳肩。

「我的輕聲細語，可以在剪輯時去掉。話又說回來，正式上場時大家倒是演得很好嘛。根據紫式部的說明……」

我沒有回應，只是豎耳傾聽。

「安東尼奧原本是宮廷樂師，現在是暢銷作曲家；艾莉絲則是他的姪女，也是歌姬。加布里艾菈好像是我演的米格爾的養女，而且還是遺孀。設定上好像是養育她將近十年之後結婚，之後兩人很快就死別……咦？我的設定是不是有點惹人厭啊？大家會不會叫我變態老頭？」

我無視莫里亞蒂的嘆息，將鏡頭對準龍馬。

「洛瑪・克雷西過去似乎是米格爾的部下。不過從經歷看來，感覺是個有些可疑的角色。」

再來是奧茲曼迪亞斯和阿拉什。

「巴爾加斯和加西亞雖然扮成獵人，但好像是納戴・那達王國的王子與隨從。可能會引發什麼風波呢。薩拉查的事我也不太清楚，就交給有識之士了。」

一會兒後，瑪修好不容易結束一開始的戲分。等到這段乾杯場景結束，應該會暫時喊卡。

「不過也沒有什麼讓人想剪掉的部分，看樣子搞不好會結束得比預期更快……喔？」

式部腳步不穩，撞倒了貞德 Alter。

在排演時應該沒有這段才對……

「立香，她的樣子不對勁！」

正如莫里亞蒂所言，式部腳步一陣踉蹌，就這麼倒地不起。突如其來的發展，令我和莫里亞蒂面面相覷。

「這下糟啦立香！順帶一提，這可不是我做的喔！呃，真的、真的不是喔！」

第二章 演員困惑

「糟糕了。紫式部小姐她……！」

一聽到瑪修悲痛的聲音，我和莫里亞蒂馬上衝到式部身邊。

「沒、沒事吧!?」

我沒多想就要放下攝影機，卻被瑪修伸手制止。

「不，請前輩繼續拍攝。由我們來想辦法……！」

阿拉什和奧茲曼迪亞斯開始討論起該怎麼處理式部。

「總而言之，先把她搬到有床鋪的地方。記得那邊有個房間對吧？」

「嗯，雖然是個小房間，但也是不得已。實在不忍心讓她就這麼倒在地上。」

於是阿拉什抱起式部。看在眼裡的貞德 Alter，望著禮服上的汗漬輕聲說道。

「……好像不是管禮服的時候了。我去換衣服。」

「這樣就行了。」

阿拉什和奧茲曼迪亞斯，順利地讓式部躺到床上。

「話又說回來……真是個漂亮的房間啊。」

瑪修說得沒錯。式部被搬到一個用具奢華的房間，感覺可以直接拿來拍片。

式部躺在床上，大家緊張地守望著她。此時換上便服的貞德 Alter 走了進來。

「所以……狀況怎麼樣？」

龍馬回答了貞德 Alter 的疑問。

「似乎沒有性命危險。只不過，不曉得她什麼時候才會清醒。」

「準備飲料的是你？」

貞德 Alter 一臉憤怒地找上薩拉查。薩拉查儘管困惑，卻還是為自己辯解。

「呃，的確是我把飲料端來……但是我根本沒空加什麼奇怪的東西進去。」

瑪修伸出援手。

「請等一下。如果我沒看錯……在進會場之前，她好像服用了某種類似藥物的東西。」

瑪修看向式部，這麼說道。不過，薩里耶利顯得難以接受。

「喔，派對主角出於自身意志服毒？這可就難懂了呢。」

「真奇怪。到目前為止的一切都是由她安排，根本不需要自己毀掉。」

阿拉什也很納悶。

「雖然不知道她為什麼要服藥，不過至少薩拉查先生應該是清白的……我是這麼認為。」

聽到瑪修這幾句話，龍馬詢問薩拉查：

「嗯……薩拉查，從剛才的口氣來看，難道準備飲料的不是你？」

「是的。我去拿托盤時，杯子裡已經倒好飲料。」

「準備飲料的人是誰？」

「是我。」

舉手回答崔斯塔疑問的人是……莫里亞蒂。瞬間，現場瀰漫一股難以言喻的冰冷氣氛。

「慢著。這個氣氛是怎樣啊？我只不過是做身為攝影助理的工作而已喔。何況這也是從迦勒底拿來的拍片用葡萄汁。」

「啊～好好好。夠了，快點把一切都招來！」

貞德 Alter 沒把莫里亞蒂的辯解聽進去，追究他的責任。此時福爾摩斯的立體影像出現。

「各位，無謂的抓犯人到此為止。謎題已經解開了。」

「再怎麼說也未免太快了吧？」

「以結論來說，這件事沒有犯人，只是個不幸的意外。我也找來了證人。」

福爾摩斯一說完，帕拉塞爾斯的立體影像隨之出現。

「方才我去找他拿點藥時……算了，我的事不重要。關鍵在於『他知道真相』這一點。」

拿藥……嗯，大概是不方便說出口的那種藥吧。

帕拉塞爾斯以平靜的語氣這麼問：

「在垃圾桶裡頭，是不是有寫著『安心・嶄新・邁進的霍恩海姆院』的包裝紙殘骸？」

「呃，記得垃圾桶在那裡……」

瑪修跑向垃圾桶，接著馬上又跑回來，手裡還抓著像紙片的東西。

「嗯，真的有。包裝紙殘骸上的確寫著『安心・嶄新・邁進的霍恩海姆院』。」

帕拉塞爾斯一臉難過地表示：

「那就沒錯了。這是我開給她的。就如各位所知，這是一旦服用就會強制讓人睡到疲勞消除的藥。」

以前曾因為這種藥掀起大騷動，然而此時不該討論那件事。

「她告訴我想要能消除疲勞的藥，我沒多想她的目的，就給了她兩包。」

福爾摩斯就像在等證人說完話一般，在這時開了口。

「記得在式部小姐答應拍攝電影時，她才剛熬完夜對吧。儘管當時她的負擔已經很重，卻還是扛起編劇和製片的責任，大概就是因此導致疲勞翻倍。會拜託帕拉塞爾斯也不足為奇。」

「……讓我想起魯魯夏威。連續熬夜之後，判斷力的確會出問題呢。」

貞德 Alter 說得沒錯。

「不，都怪我什麼都沒想就把藥給她……原本只是好心，沒想到會造成這種反效果……」

帕拉塞爾斯滿懷歉意，但應該不能怪他吧。

「疲倦到了極點的式部小姐，私下服藥之後參與拍攝，於是身體撐不住倒下。這就是這場不幸意外的始末。為了保險起見，我還確認過莫里亞蒂的行動……很遺憾他是清白的。」

聽到福爾摩斯那種真的感到遺憾的口氣，莫里亞蒂不滿地這麼表示：

「沒什麼好遺憾的吧。不過，福爾摩斯老弟。你居然會替我洗刷冤屈，真是辛苦你了。」

「……畢竟我也不想減少迦勒底的戰力啊。」

這兩個人，感情真的很差……不，有默契到這種地步，反而該說感情很好？

「……抱歉剛剛懷疑你，薩拉查。」

「不，這種狀況也是難免。光是能解開誤會就謝天謝地了。」

莫里亞蒂一臉「真搞不懂」的表情看著貞德Alter向薩拉查道歉。

「嗯嗯？為什麼沒人向我道歉啊？」

平常的舉止、品德、觀感太差……

就在我腦中浮現這些詞的時候，希翁、安徒生、莎士比亞的立體影像出現。

「嗯～這下糟了。既然導演兼編劇倒下，就沒辦法繼續拍攝了呢……」

不過希翁馬上就改變了主意，這麼說道：

「啊，不過迦勒底還有兩位稀世的作家嘛，總會有……」

「不幹。」

「恕我拒絕。」

聽到安徒生和莎士比亞冷淡地這麼表示，希翁大為震驚。

「你們兩個是怎麼啦？」

「這是出自式部女士之手的故事。不管再怎麼有吸引力，都不該亂碰，更何況這個故事連方向和結局都還不清楚。在吾輩看來太危險了，不能出手。」

「堂堂莎士比亞居然這麼軟弱？」

「就因為他是對故事了解透徹的莎士比亞。」

安徒生開口。

「聽好，故事會有某種主題。在不知道主題的情況下由外人接著寫，不可能寫出什麼好東西。所謂畫龍不點睛，就是這麼回事。」

「如果有式部女士監修也就罷了，這種狀況就無能為力啦。要是有個筆記或者寫到一半的劇本倒是還好，不過看樣子內容都在式部女士的腦中。」

「換句話說就是束手無策。只能等待睡美人醒來。」

「做到這個地步還放棄修復特異點，等於是在浪費資源……」

儘管希翁這麼說，莎士比亞卻不知為何露出笑容。

「不過，雖然我們剛剛那麼說，可是目前為止的楔子感覺不壞喔。背景說明、人物介紹，以及刺激的事件……充滿有趣的材料。」

「但你不想接著寫對吧？」

「畢竟咱們不想被式部女士怨恨嘛。不過若是在各位演員的判斷下續演，應該能獲得諒解吧。」

莎士比亞這麼說完，轉過頭來對我如此提議。

「不然這樣如何？就讓大家一邊尋找後續發展一邊拍下去？」

「咦——！」

瑪修驚叫出聲。

「暗藏深意的豪宅，繼承龐大遺產的美麗女主人，以及個個有玄機的賓客……這已經是個漂亮的推理前導了。就暫且替它取名為『鳴鳳莊殺人事件』吧。」

聽到安徒生這番話，貞德 Alter 嘆了口氣。

「但是，要我們這些外行人完成故事，未免太誇張了吧。創作同人誌就算了，推理可是完全不一樣的……」

「……好歹在這種時候發揮一下作用怎麼樣啊，罪犯？」

聽到福爾摩斯的挖苦，莫里亞蒂聳聳肩。

「嗯～我可不會設計這麼拙劣的犯罪計畫啊。我比較喜歡當人家發現時，一切都已經結束了。」

然後給了這種聳動的回應。

「基於莫里亞蒂先生制訂的犯罪計畫寫推理作品是個很有吸引力的點子，不過還是下回再說吧。」

「為什麼？明明很適合……」

「因為所謂的推理，是種逆推的文學。所有的登場角色安排都有其意義，而且會在最後收攏。可是反過來說，就少了些衝擊性。」

「如果定得太死，故事就不會有起伏嘛。」

安徒生繼續解說。

「登場角色無視作者事前訂立的縝密大綱自己動起來正好。何況與其急就章地隨便決定一個終點，交給你們來可能還比較有趣。」

「會不會太看得起我們啦？我們對於演戲可是完全的外行喔？」

聽到龍馬這麼說，安徒生對他吼道：

「蠢貨，哪有你們這種外行人啊！你們全都是在泛人類史上留名的人物，只要認真地融入角色、認真地演出，一定會發生什麼有趣的事。」

希翁露出曖昧的表情看著滔滔不絕的安徒生，最後認命地這麼表示：

「……死馬當活馬醫，總之試試看。反正一來離特異點消滅還有點時間，二來到這裡就結束也讓人不太舒服嘛。」

加布里艾菈躺在床上，她邀來的賓客們圍在旁邊看顧。

此時換上便服的艾莉絲走了進來。

「妳來啦。禮服上的汙漬洗得掉嗎？」

聽到安東尼奧詢問，艾莉絲露出不耐煩的表情。

「……那種小事不重要，反正暫時應該也沒機會穿了。重要的是，加布里艾菈怎麼樣了？」

回答她的是洛瑪。

「勉強保住一命。不過，還不能掉以輕心。想成短時間內沒辦法聽她說明怎麼回事會比較好。」

「意思就是說，還得再撐一段時間才能知道犯人啊。」

伊西多祿否定了加西亞這句話。

「這很難講。就算加布里艾菈小姐恢復意識好了，究竟是誰在杯中下毒，恐怕她也不知道。」

艾莉絲以難以置信的眼神看向伊西多祿。

「你突然怎麼啦？居然用那種像偵探的口氣……」

「抱歉，我說得晚了點。旅行樂師只是我的偽裝……」

伊西多祿正要解釋，聲音卻被阿德麗安娜蓋過了。

「他的真面目，就是那位名偵探伊西多祿・波基歐里。我則是偵探助手阿德麗安娜・莫里那利。」

伊西多祿有些傷心地責備阿德麗安娜。

「……阿德麗安娜，拜託別搶走我的臺詞。」

「啊，真抱歉。」

「但是名偵探伊西多祿・波基歐里啊……抱歉，完全沒聽過。」

「這是當然囉，加西亞先生。因為我現在大多是接政府高官的委託嘛，對一般人來說應該等於毫無知名度吧。」

伊西多祿如此吹噓，看在眼裡的安東尼奧與艾莉絲交頭接耳起來。

「不需要打知名度的工作啊。真是令人羨慕對吧，艾莉絲？」

「誰知道？搞不好只是把那些會礙到大人物的祕密埋葬在黑暗裡而已喔。」

「確實，也有些講話比較不客氣的人稱呼我解決家（Closer）。大家會提防也是難免，不過還請各位相信我們。」

洛瑪來回打量伊西多祿和阿德麗安娜，然後聳了聳肩。

「可是，偵探這個職業還真聳動呢。不過嘛，這種時候倒是幫了個大忙。那麼委託人……果然就是那個人對吧？」

「好眼力。就是首任總統米格爾・安赫爾・柯提斯閣下。閣下曾經交代過我，萬一發生什麼事，務必要幫忙。我原本祈禱自己沒有出場的機會……不過這回只能恨自己這種容易招來案件的體質了。」

「那個人啊，就是因為會在這種地方安排周全才可怕。簡直就像知道自己死了以後會出什麼事對吧？」

「老師很厲害喔，到什麼地方都會惹禍上身。他因此得到了『死神伊西多祿』的別號。」

聽到阿德麗安娜的註解，艾莉絲表情有些痙攣。

「這、這樣啊……真是個不吉祥的名字呢。」

一直默默傾聽的巴爾加斯，此時總算開口。

「那個叫薩拉查的……米格爾真的什麼都沒告訴你嗎？」

「是的。米格爾大人什麼都沒交代……會不會是不信任我呢？」

薩拉查顯得很沮喪，阿德麗安娜出言安慰他。

「薩拉查先生，別露出那種表情。事實不見得是你所想的那樣。」

「謝謝妳，小姐。我心裡舒服多了。」

「不客氣。那我們先回歸正題，加布里艾菈小姐為什麼會被盯上呢？」

阿德麗安娜一說出這句話，眾人的目光便集中到她身上。但是阿德麗安娜不明白大家為何有此反應，顯得很狼狽。

「難道妳不曉得？」

聽到艾莉絲傻眼地這麼說，阿德麗安娜更顯困惑。

「咦？」

「『柯提斯的遺產』啊。當然，不是單純的遺產。據說米格爾之所以退居幕後卻沒失去影響力，就是因為現役時代蒐集了許多不得了的東西。」

「居然有這種東西……艾莉絲小姐還真清楚呢。」

「……我在和政府的大人物吃飯時，聽過這種傳聞。加布里艾菈是這種遺產的繼承人，被人家盯上也不足為奇吧？」

「不過那是傳聞對吧？」

「怎麼，妳懷疑我嗎？」

就在艾莉絲要對阿德麗安娜發飆時，洛瑪出言安撫。

「不不不，都是事實喔。身為前部下的我可以保證，不會有錯。」

艾莉絲挺起胸膛，一副「看吧」的得意模樣。

「我以前是軍醫，所以能夠進出許多地方。當時他就有要我蒐集很多人的違法證據喔。當然，由我蒐集的只有一部分。只不過，就這麼被套上項圈的政府關係人士，可以肯定有幾十個。遺產裡不止這種骯髒的威脅材料，應該還包含了王國時代的貴重文件和藝術品才對。想必就沉睡在這棟豪宅的某處吧。」

安東尼奧默默聆聽洛瑪這番話，眼睛閃閃發亮。

「這樣啊，真厲害耶。也就是說，如果有人能偷偷奪走遺產，就會成為納戴・那達的下一任支配者。」

「所以才會先盯上加布里艾菈……」

加西亞和巴爾加斯先後說道。

「但是就算殺了加布里艾菈，遺產也不會馬上變成自己的吧？」

回答巴爾加斯這個疑問的是洛瑪。

「不，對於某些人來說不需要搶，只要把遺產埋葬在黑暗裡就夠了……比方說政府高官的手下等等。接下來那人若不是再度嘗試殺害加布里艾菈，就是打算把我們全部殺光吧。」

「但如果只是要埋葬遺產，在這間鳴鳳莊放把火還比較快。如果趁我們睡熟之後才下手，應該會更有效果。」

「這個嘛，目前還找不到正確答案，但是在引起我們的戒心之後，事情就不會那麼順利了——就算那傢伙目前還沒打算採取強硬手段也一樣。」

艾莉絲聽著獵人們的對話，逕自嘀咕起來。

「就算是這樣好了，如果人家在餐點或飲料裡下毒一樣沒救呀。畢竟……加布里艾菈就是喝了那個男人端來的飲料才倒下。」

「妳還不住口，艾莉絲！」

安東尼奧責備姪女，但是薩拉查似乎沒放在心上。

「不，艾莉絲小姐的懷疑很合理。那麼就這樣吧。我一樣會替各位準備餐點，不過在配膳之前，我會在各位面前先試毒。」

「試毒嗎……這種東西要怎麼蒙混過去都行吧。」

「抱歉，巴爾加斯比較多疑。唉呀，打獵時這種性格很有用就是了。薩拉查先生，可以的話麻煩分些緊急糧食給我們。」

「……如果不行，大不了去外面打獵。」

阿德麗安娜老實地對獵人們提出疑問：

「但是緊急糧食也有可能被下毒呀？」

加西亞笑著回答：

「單純試毒的話我也做得到，可以先用嘴脣或舌尖輕嘗確認。當然，氣味也是判斷標準。很多東西用聞的就曉得……」

說著，加西亞動了動鼻子，隨即臉色一變。

「感覺有種奇妙的氣味……一種自然狀態下不可能出現的氣味。它從這個方向來的！」

「喂，加西亞！」

加西亞衝出房間，巴爾加斯跟著追出去。看見兩人不尋常的反應，伊西多祿這麼告訴眾人。

「我們也跟上去吧。」

走廊。跑出房外的加西亞，停在一幅畫前。

「就是這個！」

眾人跟著停下腳步。加西亞盯著畫有米格爾與加布里艾菈的肖像畫。

「這幅肖像畫，帶有還沒乾透的顏料氣味。」

「加西亞不但舌頭很靈，鼻子也很好呢……靠近到這種距離之後，連我也聞得出來。薩拉查先生，這幅肖像畫是什麼時候擺到這裡的？」

「應該是米格爾大人還在世時就完成的……」

「有什麼奇怪的地方嗎？」

「這……哪邊加筆過還不清楚。需要多觀察一下。」

仔細打量過肖像畫的安東尼奧開了口：

「所謂的藝術家，會在世間覺得微不足道的地方投注心血，即使乍看之下找不出加筆過的地方也不足為奇。重點在於，這幅畫最近加筆過。或許是對於收尾不滿意……唉，這也是藝術家的宿命。」

「……這下麻煩啦。一切都連起來囉。」

洛瑪說著，按住自己的太陽穴。

「像鎘黃和朱紅之類的顏料，含有會傷害人體的重金屬。加布里艾菈的症狀很接近重金屬中毒，雖然還不能肯定就是了。雖然我不覺得下手者是把顏料直接混進飲料裡，但是能夠從顏料裡分離出重金屬成分。」

聽到洛瑪的考察，伊西多祿點點頭。

「……雖然邏輯有點牽強，不過能夠對肖像畫加筆的人，必然有顏料。既然有顏料，也就能製造毒物對吧。」

「就是這麼回事。」

「為了保險起見，在此先問一下。有誰帶著顏料嗎？」

但是沒人回應伊西多祿。

「……果然沒人回答呢，老師。所以說，果然還是要那個對吧。」

阿德麗安娜小心翼翼地詢問伊西多祿。

「不錯。換句話說就是……那個啦。就那個。」

但是伊西多祿沒說出口，反倒表現出一副要讓阿德麗安娜來說的樣子。

「別吊人家胃口，快點講。誰來都行。」

阿德麗安娜彷彿被焦躁的艾莉絲推了一把，舉手說道。

「那麼不好意思，就由我來……」

阿德麗安娜豎起一根手指，這麼宣告：

「躲進鳴鳳莊的卑鄙毒殺魔——肖像畫家，就在我們之中！」

第三章 推理集合

「好，卡！」

莫里亞蒂一喊，大家便鬆了口氣。雖然是漂亮的一鏡到底，卻也因此讓拍攝時的緊繃感非常誇張。即使隔著鏡頭，也能感受到演員「絕對不能讓片子失敗」的情緒。

不過，崔斯坦已經給人快要出錯的感覺，在這裡喊卡或許是正解。要感謝莫里亞蒂的判斷。

「都有好好搭在一起呢。特別是毒物那段……龍馬先生的即興演出真精采。」

「不敢當，只是突發奇想罷了。所幸剛好搭得上。」

阿拉什對苦笑的龍馬低下頭。

「抱歉啊。都怪我被氣味影響，迸出奇怪的對白。」

阿拉什滿懷歉意地說道，奧茲曼迪亞斯則是對他露出笑容。

「哪裡，不就是多虧有你才找到路嗎？之後只要大家一起找出那個肖像畫家就好了嘛。」

此時，莎士比亞的立體影像突然出現。

「可是還不夠呢。必須再磨一下才行。」

「這話是什麼意思啊？還有，你們那邊一直在看是吧……」

對於貞德 Alter 這句話，莎士比亞點點頭表示肯定。

「謎題確實已經揭露，這麼一來故事的方向應該也就明確了。但是你們究竟是怎樣的角色，還算不上有讓觀眾充分了解哪。」

安徒生的立體影像也跟著出現。

「既沒有擔任視點人物的角色，也沒有插入補強各人心理描寫的旁白。照這樣下去，你們只是受到狀況操縱的木偶。」

「這還真是嚴苛呢……」

薩拉查神情複雜地說道。這幾句話在失意的他聽來特別刺耳吧。

「所以呢，從下一個場景開始，希望大家找個理由分開行動。」

聽到莎士比亞的意見，瑪修露出驚訝的表情。

「這該不會……就是指『誰要和殺人犯待在一起啊』、『我要回自己的房間了』之類的吧！」

在演出同時還夾帶動作與手勢的瑪修，看起來樂在其中。

「當然，這也是一種自然的反應。不過，欠缺發展性這點無法否認。如果某人生性多疑，無法對他人敞開心胸，大概就會一個人窩起來吧。但是就我觀看各位的演出到現在，好像沒有哪個登場人物會做出這種約定俗成的行為。」

最重要的是，如果讓這批演員採取這種膚淺的行動，總覺得很掃興。

「好比說薩里耶利老兄，如果是你，接下來會怎麼做？」

成為話題焦點的薩里耶利看向天花板，沉思了一會兒。

「……這個嘛，雖然我本身還沒完全掌握住安東尼奧這個角色……假如我是清白之身，應該會在顧及自身目標的情況下，盤算下一步該怎麼做才能阻止犯人的企圖吧。」

薩里耶利的意見很合理。

「另一方面，假如我是犯人，勢必會假意配合大家，然後執行下一步。畢竟殺害加布里艾菈一事也沒成功嘛。至少絕對不會選擇窩在房間裡。」

貞德 Alter 表示同意。

「真巧呢，叔叔。我也這麼想喔。」

「……這個稱呼留在戲裡就好。」

看見薩里耶利困窘的模樣，莎士比亞開心地出聲：

「不不不，以這個場合來說，融入角色可不是什麼壞事喔。」

「原來如此。即使還沒決定誰是犯人，大家依舊會若無其事地去探對方底細，這樣才自然吧。」

莎士比亞對崔斯坦這番話表示肯定。

「就是這樣。這種認真的試探，會讓故事產生化學反應。」

「也就是一般所謂『角色擅自動了起來』的狀態。倒不如說，在沒有劇本的情況下，如果大家不自己動起來就沒轍了。」

聽到安徒生這麼說，薩拉查露出沮喪的表情。

「但是現在的我，實在不敢保證講得出那種機靈細心的臺詞……」

「如果想不到適合的用詞，就由咱們來幫忙。對吧？」

莎士比亞徵求安徒生的同意，但是後者擺擺手表示拒絕。

「不，我剛剛想到還有點事。這邊就交給你了。」

「……看樣子你似乎有什麼想法。既然如此，交給吾輩一個人就行了。」

「你們也要盡可能用自己的腦袋去想臺詞喔。不然到時候電影完成卻整部變成莎士比亞的新作，可就不好笑了。」

說完，安徒生便切斷通訊。

由於要等到各自掌握角色之後才開始拍攝，所以大家分別開始挖掘自己扮演的人物。

「真要說起來，余和你為何要當什麼獵人？王子與隨從根本不需要熱中於野外的肉體活動不是嗎？」

就在我附近的奧茲曼迪亞斯詢問阿拉什。

「這個嘛……或許目前的政府裡，有人不樂見王族遺孤活著……所以高價懸賞怎麼樣？若是流浪獵人就很適合逃亡生活。」

「余當逃亡者？」

但是以逃亡者來說，他渾身上下都散發出無法掩飾的氣息。

「要不然，『兩人隱瞞身分踏上懲治惡徒之旅』這樣如何？儘管王國已經不復存在，熱愛土地與人民的心情應該不會變吧。」

聽到阿拉什的提議之後，奧茲曼迪亞斯閉上眼睛，沉默不語。再加上他一動也不動，感覺有點恐怖，不禁讓人有所提防。

「該不會，我說了什麼惹你不高興的話？」

阿拉什一這麼說，奧茲曼迪亞斯便睜開雙眼，大呼快哉。

「幹得好啊！」

看樣子他很中意。

「失策……為什麼沒想到這點呢？以前當法老王時也該這麼做的。好，既然已經搞懂他們，那就繼續拍攝吧。走囉，加西亞！」

奧茲曼迪亞斯已經完全成了巴爾加斯。莎士比亞看在眼裡，給了這種評語。

「唉呀呀，這還真是……該說奧茲曼迪亞斯……更正，該說巴爾加斯領先了一步嗎？」

迦勒底大圖書館。安徒生獨自在沒有主人的櫃檯找東西。

「……撲了空嗎？」

他原以為可能會留下什麼筆記，不過看樣子是白跑一趟。畢竟紫式部就連劇本都來不及寫下，這也是無可奈何。

就在安徒生失望時，背後有人叫住他。

「果然在這裡啊。」

他回過頭去，發現福爾摩斯站在那裡。自己明明沒對任何人說過要來這裡……

「你為什麼……」

「這是簡單的推理啊，安徒生先生。我認為尊重式部小姐意願的你，必然會試著尋找相關線索。」

真是個令人不爽的傢伙……如果這種洞察力能活用在完成劇本上，事情就簡單多了。

「正確答案，名偵探。不過很可惜，沒發現像線索的東西。反正嘛，現場已經自己動起來了。事到如今就算找出來也幫不了多少忙，不過我還是希望好歹有些關於結局的提示啊。」

「可是安徒生先生，你不是已經有某種假設了嗎？」

「你連這點都看穿啦。」

安徒生苦笑。

「式部小姐究竟想描寫怎樣的故事……我想聽聽身為作家的你有何看法。」

人家都說到這個地步，也只能回答了。

「這頂多只是我個人的見解。我或許會猜錯，在聽我說之前，你要先有這點認知。」

「了解。」

對於安徒生的堅持，福爾摩斯嚴肅地點點頭。

「有沒有實際寫出來先放到一邊，身為一個作家，腦中有一、二十個想寫的故事也是理所當然。不，一、二十個可能太誇張，然而式部多半在事前就已經有什麼點子了吧。」

「喔？那麼你的意思是，這次的電影劇本也是這些構想之一？」

「這就不清楚了。這回的限制太多，可能不是搬出以前就有的構想，應該看成『因為有必要，因此絞盡腦汁把故事擠出來』吧。就結果來說，雖然感覺她在完成舞臺設定和安排登場角色之後就筋疲力盡，不過能夠撐到這裡已經很了不起了。」

「從你的口吻聽來，你似乎已經掌握到她的構想了呢。」

安徒生閉上眼睛。

「不，雖然有假設，卻少了決定性的證據。在這種狀態下，我不便對拍攝工作插嘴。要是有提示就好了……」

然而櫃檯沒留下類似的線索，代表這次調查走進了死路。

福爾摩斯露出一副已經看穿安徒生內心的表情，這麼說道：

「那麼就從別的方向下手吧。」

「福爾摩斯，難不成你已經找到其他線索了？」

「這是很初步的推理啊，安徒生先生。其實那幅肖像畫令我很在意。」

「我以為那是拿莫里亞蒂和式部的畫像加工出來的……」

把兩人一起拍的照片處理成油畫風格，再放進畫框就大功告成了吧？但是福爾摩斯搖搖頭。

「劇中加西亞表示聞到還沒乾透的顏料氣味對吧？雖說是即興演出，但如果不是真的有氣味就不會說出那種臺詞了，你不覺得嗎？」

聽到他這番話，安徒生靈光一閃。

「這樣啊，北齋嗎！」

「答得好。」

福爾摩斯笑著點頭。

「式部小姐想必是找上北齋小姐訂製肖像畫當小道具吧。」

「若是葛飾北齋，要在這麼短的時間內完成一幅肖像畫應該綽綽有餘。」

仔細一想，從莫里亞蒂被指定為演員到靈子轉移之間還有些空檔。只要在開拍前請北齋畫出底稿，並且讓她在拍攝序幕時完成畫作，就能趕上本篇開始。

「然而，終究還是來不及讓畫乾透啊……你該不會打算把北齋送過去，把她塑造成那位幕後黑手肖像畫家吧？」

「不，單純想聽聽她的說法而已。不過她有沒有辦法對話就不清楚了。」

聽到福爾摩斯這麼說，安徒生背上竄過一股寒意。

這麼說來，帕拉塞爾斯給了式部兩包藥……而且另一包目前去向不明。

「……我有不祥的預感。趕快去北齋那邊吧。」

說完，安徒生便衝了出去。

葛飾北齋的房間。她爽快地讓趕來的兩人入內。

「怎麼啦，沒頭沒腦的。你們也要來一幅父子畫嗎？」

從北齋那句「你們也」察覺端倪的安徒生，冷淡地回答：

「抱歉，沒空奉陪這種玩笑。」

老實說，把他和福爾摩斯畫成父子，他可是敬謝不敏。

「油畫這種東西相當深奧，真是不錯。我是現在心情很好，所以打算試著再畫一幅。」

北齋說著就站到畫布前，不過立刻一副不太舒服的模樣按住頭。

「啊～不行。光是握住畫筆，腦袋就昏昏沉沉的。真奇怪。我明明已經吃了式部給的那個消除疲勞藥耶……到現在還沒生效。」

「晚了一步嗎！」

北齋已經服藥，換句話說，什麼時候失去意識都不奇怪。

「動作快，福爾摩斯！」

福爾摩斯點點頭，隨即這麼問北齋：

「不好意思，北齋小姐，關於妳繪製的肖像畫，我有件事想請教。」

「喔，那幅畫呀？畫得很不賴對吧。」

帶著睡意的北齋挺起胸膛。

「畫好男人和好女人的畫像能得到人家的感謝，果然迦勒底是個好地方。何況還能這麼近地看，我也覺得這份工作很值得。」

「妳的技巧毋庸置疑。那幅畫無論拿到什麼地方，都是不會丟臉的職業水準。這件事先擺一邊，委託人式部小姐有沒有提出什麼特別的要求呢？好比說……嗯，像是重畫之類的。」

「重畫啊……」

北齋閉上眼睛盤起雙臂，陷入沉思。

「這麼說來，當我唰唰唰地畫完底稿拿給她看時，她說『太像夫妻了』。所以我稍微修改了一下……」

北齋打了個大呵欠。

「呼啊……不行了……好想睡。」

她突然雙膝跪地，往前倒去。接著馬上就發出可愛的鼾聲……

「喂，還不能睡啊！」

安徒生搖晃北齋的身體，但是她完全沒有要醒來的樣子。

「給我起來……可惡，到此為止了嗎？」

「唉呀，至少有收穫，算得上好事吧。」

福爾摩斯的語氣裡沒有半點懊悔。不僅如此，他還面露微笑。

「話說回來，福爾摩斯，你倒是很開心嘛。」

「偶爾來些不如人意的案件也不壞呀。畢竟不管案子多困難，從我參與的那一刻起，就註定了會解決嘛。」

「原來如此，享受解決的過程是吧。這種臺詞，只有你這種正牌名偵探才有資格說呢。」

既然有福爾摩斯在，代表遲早會找出真相。只不過，如果是在拍攝之後就沒意義了……

腦中轉著這種念頭的安徒生，望向以膜拜姿勢沉睡的北齋。

「把她搬到床上吧，福爾摩斯。」

艾莉絲、安東尼奧，以及洛瑪，走進一間擺了書的房間。

「這什麼地方？霉味好重……」

艾莉絲摀住鼻子。

「看來好像是資料室。」

「這些應該也是柯提斯的遺產才對。」

「咦，這是怎麼回事？」

安東尼奧一臉苦澀地開始說明。

「雖然當今政府的人都擺出一副聖人面貌，堅持自己不清楚往事，然而在十年前的混亂期，有很多人趁火打劫。」

「其中最誇張的就是柯提斯對吧？畢竟他等於搶走了整個國家嘛。」

「這種說法當然沒錯，不過那個男人和其他惡徒的差別在於，當別人忙著滿足自己的物質慾望時，他卻淡淡地蒐集那些傢伙做出齷齪行為的證據。他應該沒弄齊所有的證據，不過，只要讓政府相關人士認為『那個男人手裡有一切非法勾當的證據』就夠了。沒錯吧，洛瑪？」

對於安東尼奧的說明，洛瑪點點頭。

「我並不打算每一件都解說得清清楚楚，不過嘛，大致上就是這樣囉。如果不靠這種陰招，新政府的人事安排恐怕會一波三折，那個人大概也當不上首任總統吧。」

艾莉絲露出訝異的表情詢問洛瑪：

「不過你當時應該很受柯提斯信任吧？留在新政府裡不是能過得很舒服嗎？」

對於這個問題，洛瑪回以苦笑。

「我很清楚那個人的作風，到頭來我只會深陷其中動彈不得。而且他絕對不會表露自己真正的心意，這點令我很害怕。辭職說來好聽，實際上我只是逃離那個人而已。」

艾莉絲環顧周圍。

「調查這個房間，有辦法弄清楚事件背後藏什麼東西嗎？資料這麼多，我可是完全提不起勁去找。」

「這個房間沒上鎖，看來沒有那種價值不菲的東西。」

「……好像也沒有暗門之類的東西。白期待了。」

看見艾莉絲有些失望的模樣，洛瑪突然這麼問：

「妳是叫艾莉絲對吧？不好意思，請問妳有哥哥嗎？」

艾莉絲怒形於色，激動地對洛瑪嚷嚷：

「啊？突然問這個太沒禮貌了吧？為什麼我非得把家庭背景告訴你啊？」

「不，忘了它吧。我一碰上年輕女性，就會習慣性地這麼問。」

洛瑪道歉，但是安東尼奧突然開口。

「至少就我所知，艾莉絲沒有兄弟姊妹。她不到十歲就站上舞臺了。」

「慢著！不用把這種事說出來吧？」

安東尼奧突然爆出艾莉絲的個人情報，讓她大為慌張。

「進一步來說，我和艾莉絲也不是叔姪，而是遠親。十年前，我離開了宮廷，強烈地感受到非靠自己賺取生活費不可。因此，我需要艾莉絲的歌聲，而艾莉絲也需要我的曲子，於是我們爬到了今天的地位——我們就是這種關係。」

艾莉絲一臉無奈。

「話說這個男的搞不好就是犯人耶，真虧你敢講這麼多。」

「那麼，我也聊聊自己的事吧。其實我一直在找一個叫大藏・岡的人。當年他在納戴・那達王國軍，是傳說中的殺手。」

安東尼奧一副知道些什麼的表情點點頭。

「這個男的儘管只是一介士兵，卻比任何人都要令人害怕。我在王宮和他擦身而過時，也曾經嚇出一身冷汗。他散發的殺氣就是這麼強烈。」

「既然他這麼強，應該還活著在某個地方過日子吧？」

洛瑪搖搖頭。

「他給人的感覺可不是這樣喔。而且，我不認為一個能夠為了金錢殺人的人，有辦法簡單地適應社會。在城破之際殺滿百人後戰死還比較符合他的風格。」

「但我沒聽說過那種事蹟。正所謂人的嘴巴堵不住，特別是這種英雄故事。」

「所以才令人不解啊。何況他要保護的妹妹還在，像他那樣的殺手，不可能乖乖被殺。」

「最強的殺手為什麼會消失……又出現了新的謎呢。」

「一個人無論多麼活躍，只要變得礙事，就會被簡單割捨掉。人家要除掉他時可不會手下留情的。」

洛瑪發現一個信封，伸手將它拿起。

「嗯嗯，這是……」

「找到什麼了嗎？」

「說不定就是我要找的東西。我會再花點時間好好調查。」

說完，洛瑪將信封夾在腋下。

「好啦，回去吧。」

正當我在大廳稍事休息時，奧茲曼迪亞斯叫住我。

「話說立香啊，余有個非常好的主意。」

「真的嗎？」

我不由得將眼睛從攝影機上挪開，開口回答。

奧茲曼迪亞斯將人在附近的薩拉查拉過來，這麼提議：

「將這個薩拉查當成開頭登場的大藏怎麼樣？」

薩拉查和大藏一點也不像。不過在拍攝時，大藏拉低斗笠遮住了眼睛，那麼硬要這樣解釋也不是不行。

「的確，如果有拍到以藏的臉就麻煩了，所幸當時他把臉遮住。也就是要利用這一點。」

「你們說的大藏，就是那個譚將軍底下的殺手對吧。」

「一個就算大勢已去，依舊不肯承認自己敗北的男人。如果你是大藏，你會怎麼做？」

薩拉查顯得有點為難。

「我本身並不是那種見人就砍的人……」

「不對，你已經是大藏了。要更融入角色一點。」

奧茲曼迪亞斯鼓勵苦惱的薩拉查。

「也對。如果是我……就算知道沒意義，恐怕還是會盡可能地殺敵吧。但是個人的努力有極限。最後大藏身負重傷……儘管保住一命，卻失去記憶……這個嘛，大概是這種感覺吧。」

薩拉查似乎也來勁了。

「沒錯。就算失去記憶，已經熟練的技術也不會輕易消失。米格爾花費時間，把失憶的大藏塑造成保護自己的守衛。」

有了奧茲曼迪亞斯的補充，讓薩拉查更加起勁。

「我原本是殺手……現在有這種感覺了。沒錯，我以前是納戴・那達王國軍的殺手。所以，我會出於某些原因想暗殺與王室為敵的人。之所以在杯裡下毒，其實就相當於突然發作，只是很不幸地差點殺了主人。」

「很好！」

「可是，殺人未遂的記憶不時閃過腦海，令我飽受折磨。為了逃避這種痛苦，我衝動地開始策劃下一起暗殺。」

「轉眼間就完成了很像樣的設定呢。」

在旁邊聽的阿拉什也顯得很開心。

「即使失憶，在我心中，和革命軍的戰鬥恐怕還是沒有結束。過去的衝動因為某些原因復甦之後，我便想殺掉在我心目中與國家為敵的人……」

「喔，那麼讓加布里艾菈喝下毒藥，也可以當成是暗殺某人失敗的結果呢。」

「於是這個悲哀的忠臣，就由納戴·那達王國最後的王子——余親手了結他。在華麗的殺陣之後，收拾掉薩拉查的巴爾加斯……余讚揚薩拉查的忠義，並且送他最後一程。最後巴爾加斯對醒來的加布里艾菈私下表明身分，再度踏上懲惡之旅……這不是很棒嗎！」

這個嘛，雖然不曉得式部什麼時候才會清醒，不過趕得及在這個特異點消滅之前拍完就好；就算拍不完，姑且也能弄出個樣子來。

「不過啊，明明對手只有薩拉查，我和法老王小哥卻兩個打一個，感覺有點卑鄙耶。」

阿拉什的意見很有道理。就畫面上來說也缺乏緊張感。一對一比較好。

此時，莎士比亞的立體影像出現，剛剛那些他想必都聽到了。

「這麼說來確實沒錯。不然這樣吧。加西亞為了保護加布里艾菈而留下，巴爾加斯和薩拉查去倉庫拿藥。此時薩拉查為殺手的記憶所苦……就讓故事這麼發展吧。若是這樣，殺陣也會自然而然地變成一對一。」

「既然如此，就需要讓記憶復甦的契機了呢……」

瑪修這麼說完，薩拉查連連點頭。

「的確。如果毫無前兆就突然恢復記憶，觀眾也會覺得莫名其妙。」

「既然是在戰爭中失憶，那麼有個象徵戰爭的東西就行了……」

「大砲的聲音怎麼樣？」

聽到奧茲曼迪亞斯的話之後，龍馬這麼提議。

「這個嘛，如果是我和以藏就會有反應啦。」

「但倉庫裡有大砲不是很奇怪嗎？為什麼放藥的倉庫裡會有大砲的聲音啊？」

「不然這種發展如何？在找藥的時候，不小心把瓶子摔到地上。然後呢，瓶裡裝了危險的藥品，因為落地的衝擊而爆炸……由於聲音很像大炮，使得薩拉查的記憶復甦。」

瑪修在說明的同時，臉也變得愈來愈紅。大概是自己也覺得不太合理吧。

但是，薩拉查以滿面笑容給予肯定。

「我覺得這樣不錯，是個非常好的主意，小姐。不如我一併擔任把瓶子摔在地上的角色吧。」

「哈哈，決定啦！」

奧茲曼迪亞斯喊道。既然演員們沒表示異議，那就沒問題了。

此時希翁的立體影像出現。

「砲聲的話，拿破崙很爽快地幫忙錄了。我馬上就把資料傳過去。」

「那麼等薩拉查把瓶子摔到地上，我就立刻鳴響砲聲。」

莫里亞蒂滿心要盡身為攝影助理的職責。

「既然決定了，那麼事不宜遲。馬上開始拍攝吧。」

在阿拉什的催促下，奧茲曼迪亞斯與薩拉查奔向式部沉睡的房間。

我正準備跟過去，卻感覺到面前的演員們散發出某種難以言喻的情緒，因此停下了腳步。

那是因為……大家並非真心接受這個計畫？

「那麼，我們也過去吧。」

莫里亞蒂拍拍我的肩膀後，我才總算開始移動。

布里艾菈的房間，加西亞、巴爾加斯、薩拉查三人正在看顧她。

「啊，這麼說來……」

加西亞似乎想起什麼似地開口。

「醫生剛剛交代過，要我們去拿讓加布里艾菈服用的藥。薩拉查先生，能不能麻煩你帶路？」

「既然如此，就由我去倉庫吧。」

「不，要去就和我一起去吧。這也是為了以防萬一。」

巴爾加斯對薩拉查的提案有意見。

「……這樣啊。那我們就一起去吧。」

大概是覺得對方不信任自己吧，薩拉查顯得有點難過。

「別誤會，我並沒有懷疑你。不過，有人互相作證比較好吧？」

「確實，如果是兩個人去，任何一邊出事就會讓另一邊遭到懷疑，所以沒辦法亂來……」

薩拉查點點頭，似乎明白巴爾加斯的用意。

「方才失禮了。那麼我們走吧，巴爾加斯先生。」

加西亞笑著目送兩人離開房間。

「喔，路上小心啊。畢竟不曉得會發生什麼事嘛。」

嗚鳳莊倉庫。薩拉查領著巴爾加斯在裡頭前進。

「這裡還真是大得誇張啊。」

「因為要當避難用的防空洞呀。」

薩拉查回答巴爾加斯的疑問。

「畢竟不曉得哪天會出事嘛。所謂有備無患，糧食與藥品的儲備也很充足。」

「所以，人家要我們拿的藥在哪裡？」

「就在這邊的櫃子裡。啊！」

薩拉查找藥時分心看向巴爾加斯，不慎讓其中一個藥瓶摔落地面。砸到地上的瓶子發出刺耳聲響破裂，隨即引發爆炸。宛如砲聲的巨響重擊聽者的耳朵。

「嗚嗚，我的頭……」

薩拉查抱著頭蹲在地上。

「喂，怎麼啦？」

巴爾加斯擔心地詢問後，薩拉查緩緩抬起頭，如此呢喃：

「我……想起來了……」

目前為止都是個稱職攝影助理的莫里亞蒂，向痛苦得很逼真的薩拉查下指示。

「好，薩拉查……在這裡切換成殺手模式。」

「請把說話音量放小一點。」

儘管鏡頭外的聲音可以透過編輯去掉，但還是有可能對融入角色的演員造成不良影響。

薩拉查拔出腰間軍刀，散發出殺陣即將開始的氣息……可是，感覺不太對勁。

沒錯，薩拉查的殺氣太強烈了。

「沒事吧，薩拉查？」

奧茲曼迪亞斯和事前說好的一樣，靠近薩拉查表示關心。

「我……才不叫那個名字！」

薩拉查大吼一聲，手中軍刀揮向奧茲曼迪亞斯的身體。奧茲曼迪亞斯身上閃過紅色痕跡，鮮血隨之噴出。

「……無禮之徒！」

奧茲曼迪亞斯似乎傷得不重，立刻進入戰鬥狀態。但是薩拉查看來沒把別人說的話聽進去。

「嘎啊啊啊啊啊！」

薩拉查揮舞軍刀，彷彿在說誰敢靠近就砍誰。那副模樣，完全看不出半點紳士風範。

「看樣子他似乎失去理智了呢。」

莫里亞蒂說著便要上前幫忙，但是奧茲曼迪亞斯舉手制止了他。

「一人足矣。你們將我的英姿好好拍下來。」

薩拉查的刀法相當精湛，然而不靠寶具和奧茲曼迪亞斯戰鬥終究是不智之舉。沒多久形勢就已逆轉。

「你要睡到什麼時候！」

被奧茲曼迪亞斯打飛的薩拉查重重撞上牆壁，似乎因此恢復了理智。他的眼裡已不見方才的瘋狂神色。

「……抱歉，剛剛亂了方寸。」

「總算安分下來啦。」

奧茲曼迪亞斯則是非常冷靜，反過來為薩拉查擔心。

「不過居然因為砲聲就慌成這樣，看來你以前吃過很大的苦頭呢。」

「是的，畢竟我就是被大砲直接轟中才喪命嘛。」

說完，他稍微打理服儀，並且低下頭來。

「啊，抱歉自我介紹得晚了點。我的名字叫巴索羅繆・羅伯茨。」

巴索羅繆・羅伯茨，不就是那個與愛德華・蒂奇等人並稱，足以代表大航海時代的知名海盜嗎？

「和其他海盜比起來太時髦了，所以我完全沒注意到。」

「妳這句話令我非常開心，小姐。」

巴索羅繆露出很得意的表情。

「也就是說，如果拜託蒂奇老弟跑一趟，馬上就知道了嘛。雖然有點晚了。」

「……那個男人也到你們那裡打擾啦？」

巴索羅繆滿臉苦澀。光是這樣就能隱約看出兩人的關係。

「平時倒還罷了，這種狀況……嗯，追究也沒意義。」

我往巴索羅繆看去，發現他的靈基已經開始消滅。

「巴索羅繆先生？你的身體……」

但是巴索羅繆沒有半點慌張的樣子。

「小姐，請別在意。無論如何，我都註定要和這個特異點一起消失。不過是原本就和餘燼差不多的靈基，因為剛剛的戰鬥燃燒殆盡而已。」

「要在這裡和你分別了嗎？這段時間雖然不長，但是很愉快喔。」

巴索羅繆心滿意足地微笑。

「御主……非常感謝您，讓原本會無所作為就消失的我，有了新的存在意義。但是留下您的障礙就逝去，實在令我無比內疚。無法奉陪到最後這點，還望您見諒。」

接著巴索羅繆又思索了一會兒，這麼說道：

「這個嘛……真要說起來，無法目睹電影完成實在很遺憾。希望將來與大家重逢時，能夠讓在下觀賞成品。那麼各位，以及美麗的小姐……再會了。」

於是巴索羅繆就此消滅。直到最後依舊不失瀟灑，看得出他的堅持。

「嗯～這下子麻煩了呢。」

莫里亞蒂輕輕搖頭。沒辦法，巴索羅繆的消滅，幾乎可以肯定會對拍攝計畫造成影響吧。

「不過『失去理智的薩拉查攻擊巴爾加斯』這一幕應該已經拍好了才對。如果剪輯得宜……」

莫里亞蒂揮揮手否定。

「真的嗎？沒拍到薩拉查自曝身分與犯罪動機後襲擊巴爾加斯的片段，就表示沒辦法按照當初的構想劃下句點吧？以東方風格來說，就是畫龍還欠點睛。」

「……不得已。得想想別的高潮場面才行。」

奧茲曼迪亞斯盤起雙臂思索。

「話說回來，事情可沒那麼簡單。薩拉查和巴爾加斯一起到倉庫拿藥的鏡頭已經拍了。如果照著推論……殺害薩拉查的犯人就成了巴爾加斯。」

「你說什麼？不，確實是巴爾加斯下的手……」

奧茲曼迪亞斯十分困惑。

「當然也是可以刪掉那一段……不過這絕對不是什麼好方法。」

「沒來由地就發現薩拉查的屍體，也會顯得很奇怪呢。」

「再加上，有拍到薩拉查和巴爾加斯兩敗俱傷的畫面。遭到瘋狂的薩拉查砍傷後，巴爾加斯擠出最後的力氣反擊，最後兩人同歸於盡……若是這種發展就能讓故事延續下去，如何？」

「所以？要余在『當犯人』和『就此退場』之中選一個？」

莫里亞蒂大概是為了盡攝影助理的責任，毫不留情地這麼告訴對方：

「很遺憾，正是這麼回事。至於重拍就不用討論了吧？」

「式部小姐也還沒醒來啊……」

就算拿掉加布里艾菈和薩拉查重新拍攝，在沒有劇本的情況下也成了完全不一樣的東西。當然，也不是不能找人代替，但是這麼一來不能利用那張肖像畫，故事多半也不會符合式部的期望。

「怎麼會這樣呢……居然以這種方式落幕。」

奧茲曼迪亞斯沒掩飾聲音中的沮喪。他應該也很享受拍攝過程吧。

「沒辦法，完成電影最優先。雖然也有當犯人延命這招，然而不會是什麼愉快的發展。乾脆一點接受巴爾加斯的死吧。」

「正好伊西多祿和阿德麗安娜的戲分不太夠，就讓他們兩個調查屍體和犯案現場吧。這個嘛，如果利用人偶和後臺剩的服裝，應該可以弄出薩拉查的遺體。當然了，如果願意的話，奧茲曼迪亞斯就這麼倒在地板上就好。」

「沒想到最後的鏡頭居然是屍體……世事還真是不如人意呢。」

想像奧茲曼迪亞斯不甘不願趴在地上的模樣之後，雖然有點對不起他，但我還是笑出來了。

「驗屍部分的推理該怎麼辦呢？我沒有什麼主意耶……」

「嗯~形式上的推理就行囉。和目前為止所做的一樣，即興演出就好。至於薩拉查為什麼要行凶，先留到解答篇吧。別擔心，如果覺得有困難，推給真凶就行了。那麼，我們回去繼續拍吧？」

大家衝入倉庫後，發現巴爾加斯與薩拉查倒在地上。

「巴爾加斯……喂，騙人的吧？」

加西亞衝到巴爾加斯身旁。在這種情況下，洛瑪仔細地檢查兩人的身軀之後，搖了搖頭。

「兩人都死了。漂亮的同歸於盡。」

「哪邊先動手的？」

「他不可能做出這種卑鄙的事！」

對於艾莉絲的疑問，加西亞反應非常激動。洛瑪就像要安慰加西亞似的，陳述自己所看到的。

「嗯，巴爾加斯背部有傷。應該是被人家從背後砍的吧。」

「或許是打算一擊殺掉巴爾加斯，再將屍體藏起來。但是沒能得手，所以演變成戰鬥……」

聽到安東尼奧的推論，加西亞低下頭。

「如果他的狀態萬全，就算好幾個人一起上也打不倒的。他一定是知道自己沒救了，於是認真地戰鬥。」

調查完藥品櫃附近焦痕的阿德麗安娜，這麼告訴大家：

「會不會是兩人打鬥時，裝有危險藥品的瓶子摔到地上，才引發了爆炸聲？」

「也就是說在那個時間點，薩拉查已經沒有辯解餘地……如果他還活著，事情就簡單了。」

阿德麗安娜表現得很像個偵探助手，然而伊西多祿卻只是站著不動。

「話說回來，偵探先生倒是很安靜呢。」

「老、老師的別名是『沉睡的伊西多祿』，推理時非常安靜喔。」

聽到艾莉絲的諷刺，阿德麗安娜趕緊幫忙解釋。至於伊西多祿本人，這才總算像是附和助手般開了口。

「……就是這樣。這段時間內，我的腦袋都在徹底研判各式各樣的可能性。」

「剛剛不是叫死神伊西多祿嗎？」

「……沉睡與死亡算是兄弟。沉睡的伊西多祿與死神伊西多祿是表裡一體。」

「所以啊，不要裝模作樣，有話就直接說。」

儘管艾莉絲語氣焦躁，伊西多祿卻不為所動。

「不能在這裡說。犯人會聽到。」

「喔？意思是犯人就在我們之中？」

對於洛瑪的質疑，伊西多祿以笑容帶過。

「任君想像。不過，我可以告訴大家，沒有我伊西多祿・波基歐里解決不了的案件，請各位儘管放心。」

管制室。莎士比亞在觀看拍攝過程的同時，也揚起了嘴角。

「雖說故事總會伴隨著意外……卻沒想到會演變成這樣呢。」

劇中伊西多祿誇下海口，不過從之後崔斯坦的模樣看來，實在不像有想到什麼精采的推理。

「要繼續拍下去，是不是有點嚴苛呀？」

希翁有些擔心地說道。

不，希翁或許是在擔心回收魔力資源的事——這麼想的安徒生開了口。

「最糟糕的情況下，恐怕得由我們替故事收尾啊。」

「的確。吾輩就趁現在補充一下紙張和墨水吧。」

莎士比亞離開了管制室。安徒生目送他離去後，向人在附近的福爾摩斯搭話。

「喂，福爾摩斯，有件事令我很在意。」

「什麼事？」

「雖然這是馬後砲，不過方才我們去找北齋問話……其實直接問莫里亞蒂不就好了嗎？」

既然北齋是直接看著莫里亞蒂與式部作畫，那麼就算北齋與式部睡著，要問還是找得到人吧？

「正如你方才漂亮證明的，式部倒下是個不幸的意外對吧。那麼莫里亞蒂在這樁案件裡是清白的，只是個證人。我知道你們是不共戴天的敵人，不過至少這次他應該不會隱瞞什麼情報才對。」

福爾摩斯不太高興地聳聳肩。

「既然如此，你不覺得在我們調查之前，他就該提起肖像畫的事嗎？」

「這麼說來確實沒錯。」

如果考慮到要讓拍攝順利，肖像畫重繪一事應該主動提起吧。

「他一個人掌握情報奸笑著旁觀，這點讓人不爽。就算指責他，他也會用一句『喔，我忘了』就帶過。」

安徒生正準備接受這個說法時，注意到還有其他疑點。

「福爾摩斯，你的真心話我明白了，但是這構不成不去問的理由喔？」

「雖然我不曉得說明之後你能不能接受……」

說著，福爾摩斯便開始解釋。

「我認為，身為一個偵探，只要是成形的謎題就該解得開。」

「怎麼啦，沒頭沒腦的。不過嘛，應該沒有你解不開的謎吧。」

「但是在掌握住謎題之前還有個階段。不受成見左右，虛心觀察事實，注意到些許的異樣感……透過這種仔細的懷疑，事實才會得到輪廓，形成謎題。」

「換句話說，謎題是源自懷疑對吧。」

「嗯。但是反過來說，不懷疑就無從思考。而且以『不讓偵探正確地懷疑』這點來說，沒有一個罪犯像詹姆士・莫里亞蒂這麼棘手。」

「一個那麼可疑的男人？」

確實這人的外表就算混在市井之中也不會顯得突兀，但是他的真面目在迦勒底已經人盡皆知。

一旦起了疑心，他所做的一切看起來都會顯得很可疑。

「太可疑也是個問題，會讓人不曉得該懷疑到什麼程度，沒辦法正確地懷疑。真要說起來，那個男人之所以能長期在黑社會稱王，就是因為置身於不會輕易讓人起疑的地方。在十九世紀的倫敦，他不僅將犯罪計畫傳授別人，還會周到地抹消自身氣息。就算是我，要將對於那個男人的懷疑轉為確信，也需要不少時間。」

「意思是他隱藏得非常巧妙嗎？」

福爾摩斯平靜地點頭。

「此刻，要去質問那個男人很簡單。可是這麼一來，也就等於暴露我的懷疑方式與思考模式。如果可以，我不想讓那個男人學到我的思考習慣，因為不知道什麼時候會與那個男人為敵嘛。如果要調查那個男人參與的案件，只能在盡量避開他的情況下掌握住謎題。」

「懷疑產生謎題，無法懷疑就連謎題都構不上嗎？有意思。」

話又說回來，名偵探和犯罪王……真是麻煩的關係啊。

突然，特異點那邊傳來通訊，崔斯坦的立體影像在管制室內浮現。但是他的臉看起來與其說是焦躁，不如說是憔悴。

「喔，崔斯坦先生，怎麼了嗎？」

「福爾摩斯閣下，希望你可以教導在下一件事——所謂的偵探，究竟是怎樣推理的？」

這個問題相當基礎。不過嘛，也不是不明白崔斯坦為什麼會問這種事。

「我原本以為，只要按照紫式部的劇本演出就會有模有樣，才會接下角色……結果根本說不出什麼像偵探的言論，現在已經淪落得和稻草人差不多了。」

「稻草人啊，這比喻真不錯呢。」

令人忍不住笑出來。儘管對崔斯坦很抱歉，不過能聽到這種發自心底的形容，實在是很有趣。

「這可不好笑。雖說是意外，但是我的稻草人樣可是會變成電影留下來啊。」

也就是說，他擔心演成丑角，傷害自己的形象。

但是福爾摩斯毫不留情地對崔斯塔說道：

「原來如此……崔斯坦先生，我明白你的煩惱了。但是我坦白告訴你，你沒辦法像我這樣推理的。」

「怎麼這樣……」

看見崔斯坦面露絕望，福爾摩斯對他微微一笑。

「啊，請別誤解。我會提供建議。只不過，我的推理不適合用來讓故事發展合情合理。因為我所抵達的，唯有真實。」

「這樣啊……」

崔斯坦回應的語氣，既像佩服又像搞不懂。

「這是名偵探玩笑，別理他。」

安徒生這句話，似乎讓福爾摩斯有點受傷。

「那麼崔斯坦先生，你希望做出怎樣的推理？」

「這……當然是既讓人佩服，又讓人覺得有趣的推理。只不過，我不曉得該怎麼得到這種結果。」

「逆向思考吧，崔斯坦先生。先決定終點，路線之後再找。」

然而崔斯坦好像無法理解，表情十分曖昧。福爾摩斯見狀，繼續說下去。

「首先，決定一個『如果是這樣就好了』的真相，而且它最好有趣。接下來，只蒐集和這個終點相配的線索，不適合的盡量無視。這麼一來，只要真相非常有趣，即使推理多少有些兜不上，大家應該還是能接受。」

聽到福爾摩斯這番話，安徒生不由得拿筆記錄下來。

換言之，先想個有趣的故事就好——這在寫推理作品時可以當成參考。

「如果是警方或檢方這麼做，問題就大了，不過大家畢竟是在拍一部沒有答案的電影嘛。」

「喔喔……感激不盡。多虧你這番話，在下茅塞頓開。」

崔斯坦連連鞠躬。看樣子他是打從心底感謝福爾摩斯。

「真是的，居然會為了這種事煩惱。如果你能接受突發奇想的話，要不要我分一些點子給你啊？」

但是崔斯坦搖搖頭。

「感謝你的建議，不過其實我正好想到一個似乎很有趣的真相。」

說出這種話的崔斯坦，臉上充滿自信。

雖說他是外行人，不能指望這個點子的水準有多高，但既然他很有自信，材料應該不壞。

「原來如此。對別人的創作多嘴未免太不識趣，我就期待你的表現吧。」

「好的，我一定會回應你的期待。那麼先告退了。」

崔斯坦的立體影像消失。

「扮演偵探的人有了幹勁是很好，不過那個男的能不能漂亮地把故事整理出來就難說了。」

對於安徒生這句話，福爾摩斯既沒有肯定也沒有否定。

「……無論如何，既然式部小姐還沒清醒，我們就什麼也不能做。接下來抱著當觀眾的心態守望他們吧。」

福爾摩斯愉快地說完後，又補充道：

「更何況……假如有其他人聽到我剛剛說的話，說不定還會冒出其他有趣的推理對吧？」

「御主，我有件事想和妳商量。」

就在我和莫里亞蒂及瑪修商量接下來的拍攝該怎麼辦時，崔斯坦突然找上門。

「怎麼啦？」

莫里亞蒂和瑪修也暫時停止對話，側耳傾聽崔斯坦要說什麼。

「在下崔斯坦，已經有了將這部電影漂亮收尾的方法。」

這當然再好不過，可是——

「這個嘛……只要再給我三十分鐘，應該就能把思緒整理好。」

「真的嗎？」

瑪修開心地大叫，讓崔斯坦得意地點點頭。

「畢竟戲分都被妳搶光了嘛。結尾就由我劃下美麗的句點囉。」

「這還真是令人期待。那麼，我去告訴大家一聲。」

此時希翁的立體影像現身插嘴。

「乾脆也向其他演員募集點子，不要只靠崔斯坦。反正都是要拍，當然是拍得有趣一點比較好，對不對？」

阿拉什的考察

三十分後，眾人聚集在大廳。原本該是讓崔斯坦發表點子的場合，但是每個人的眼睛都閃閃發亮。

「既然是這樣，就請哪位先來吧。」

於是阿拉什舉手。

「喔，御主！我有個想法。」

「怎麼啦？突然冒出這一句。」

嘴上是這麼說，不過我已經猜到了。他大概就像福爾摩斯說的那樣，推理了電影的結局吧。

「沒什麼啦，因為是突然想到的。確實因為巴爾加斯退場，所以法老王小哥的構想不能用了。不過，那個構想並沒有死。我想，只要換個角度看，應該就能讓它復活。就像是那個……不死鳥一樣！」

聽到阿拉什的提議，奧茲曼迪亞斯震驚地問：

「你居然這麼替余著想——」

阿拉什咧嘴一笑。可能是受到他的影響，奧茲曼迪亞斯的表情也和緩下來。

「那個……是要讓巴爾加斯復活嗎？戲裡感覺不管怎麼做都沒辦法了耶……」

瑪修的疑問很有道理。龍馬也同意似地點點頭。

「畢竟巴爾加斯的屍體是我驗的嘛。啊，要讓洛瑪說謊嗎？」

然而，阿拉什揮揮手表示否定。

「不是啦。巴爾加斯已經不會復活了。真要說起來，根本想不到洛瑪特地說謊的理由！我不習慣思考這種複雜的東西，所以想讓發展單純一點。這個嘛……要說的話，我的推理算是考量到法老王小哥與紫式部的心情吧。雖然沒有什麼特別新奇的內容，不過應該挺容易讓大家接受。就某方面來說，感覺很適合第一個發表。」

「你要吊余的胃口到什麼時候啊，快點進入正題。」

「哈哈，抱歉抱歉。那麼，雖然有點不好意思，不過就請各位聽一聽吧。話說回來，我有個問題要問法老王小哥。紫式部向我們講解角色時說了什麼，你還記得嗎？」

奧茲曼迪亞斯手抵著下巴，似乎在回想。

「你是在耍余嗎？那時候，紫式部……」

說到這裡，奧茲曼迪亞斯突然會心一笑。

「該不會……原來是這麼回事啊！你想到的點子還真是不得了啊，阿拉什。」

「那個，奧茲曼迪亞斯先生？究竟怎麼回事呀？」

瑪修小心翼翼地問。老實說，我也覺得很害怕，因為找不到奧茲曼迪亞斯心情變好的理由。

「這種陶醉感和興奮感……不輸過去品嘗過的美酒。余要多品味一下。暫時別來打擾。」

貞德 Alter 起先傻眼地看著奧茲曼迪亞斯，不過很快就加入推理。

「如果是紫式部的講解，我們也有聽到。記得她是說『納戴・那達王國的王子與隨從』……」

貞德 Alter 說到這裡，立刻一副想到了什麼的模樣。

「啊，該不會是這種解釋？」

大概是接連兩人猜到正解的關係，阿拉什面露苦笑。

「什麼啊，已經知道啦？果然只是小聰明啊。」

「呃，如果可以，希望能夠由阿拉什先生清楚地說出來……」

「小姑娘真是溫柔啊。那麼，我就重來一次吧。紫式部說我們是『王子與他的隨從』。這個嘛，如果按照一般的解釋，那麼我會是隨從，法老王小哥則是王子對吧。實際上，我們先前也是這麼演的。」

「是的……啊！該不會！」

瑪修似乎終於注意到了。

不過嘛，人家都講到這個地步，正常來說都該發現吧……

「哈哈，沒錯！也就是『這個時候再把它翻盤會如何』的意思啦！王子是我，法老王小哥則是隨從！整個倒過來！」

居然有這種逆向思考！不過這麼一來，先前替王子設想的情境，或許就不會白費了。

「十年前，從王宮逃出生天的兩人攜手活了下來，成長為出色的青年。雖然他們應該沒有被通緝，不過為了以防萬一，面對外人時會讓主從立場反過來……這樣就搭上了呢。」

「如何，不壞吧？」

阿拉什對崔斯坦的說法表示同意，但是貞德 Alter 顯得不滿。

「就算退讓個一百步，當成你才是王子好了。可是加布里艾菈和薩拉查的事該怎麼辦？更何況肖像畫家的存在也得讓它合理才行……」

「那是一時興起……請當成沒這回事。」

瑪修大概是回想起剛剛的狀況而不好意思，因此說出這種話。

「若是這點我可沒漏掉喔。薩拉查一開始就打算殺掉巴爾加斯，所以才在杯中下毒。但是結果揭曉之後，卻發現拿了下毒酒杯的是加布里艾菈。暗殺失敗，不得已只好趁著只有他們兩人時動武，最後同歸於盡……」

「但是我看不出薩拉查這麼做的動機……」

「這也很簡單。薩拉查只是遵照命令下手而已。」

阿拉什回答了薩里耶利的疑問。然而，這回換成龍馬搞不懂了。

「嗯～不過薩拉查的主人是加布里艾菈對吧。不僅暗殺目標失敗，還差點殺掉主人，最後又跟人家同歸於盡，這個殺手未免太蠢了吧？」

「唉呀，既然在那種時機退場，受到怎樣的待遇都不能怪別人。」

雖說死人沒有發言權，但是要把錯全推給巴索羅繆嗎……

然而阿拉什搖搖頭。

「喂喂喂，我可沒打算這麼過分喔。幕後黑手不是加布里艾菈，而是別人。而且，是個相當出乎意料的人物。」

「……該不會，是我？」

「咦——？」

崔斯坦突然冒出這種話，讓瑪修嚇一跳。

「確實，偵探就是犯人相當具有意外性。可是不行。我還沒有做好演那種黑暗角色的準備……」

崔斯坦抱住自己的身體，顯得很掙扎。阿拉什見狀笑出聲來。

「哈哈哈，這麼做好像也很有意思呢。」

阿拉什一這麼說，崔斯坦便不好意思地彈響豎琴。

「這是我在看錄影片段時注意到的。拍完開頭的場景後，紫式部說『辛苦了』的對象，只有但馬老爺子和岡田小哥……沒有對莫里亞蒂老兄說。」

「啊……是真的！」

瑪修佩服地喊道。

「莫里亞蒂老兄還有上鏡頭的機會……換句話說，紫式部考慮到米格爾會再次登場——可以這麼想吧？」

「你的意思是，米格爾還活著？」

「連葬禮都辦了耶？」

龍馬提出疑問，貞德 Alter 進一步追問。但是，回答兩人的卻是薩里耶利。

「不，慢著。籌備葬禮的是薩拉查。如果薩拉查是米格爾的心腹，要詐死不是很簡單嗎？」

「當然，紫式部出於什麼理由留下莫里亞蒂老兄的戲分就不知道了。我不過是把『或許還有機會出場』的可能性，解釋得符合我的需求罷了。」

莫里亞蒂尷尬地開口：

「搞不好只是單純留下來當攝影助理喔？」

「也可能是為了拍回憶場面……但是，我覺得很有意思。換句話說肖像畫家就是米格爾……可以安排成這樣呢！」

莫里亞蒂扭動身子，大概是不排斥再度登場吧。奧茲曼迪亞斯看在眼裡，開口說道：

「米格爾雖然已經退休，畢竟還是建國的英雄，應該對各方面都還有影響力。但是從另一個角度看，設定上納戴‧那達共和國的政局還沒穩定，對於部分人而言，他恐怕礙事到了極點。」

「原來如此，也就是說隨時都有遭到暗殺的危險。」

龍馬從旁應和。

「米格爾演出自己的死亡戲碼藉此離開臺前，想透過加布里艾菈當影子總統，但是王子他們突然來到鳴鳳莊。儘管不曉得兩人的目的，但是米格爾想必很焦急吧。他們是來復仇呢，還是單純的偶然呢……米格爾應該會想在露出馬腳之前就收拾掉兩人。」

「於是米格爾命令薩拉查暗殺他們。最後一部分已經被法老王小哥說出來了。大致上是這種感覺。按照我的想法，最後加西亞會和躲在鳴鳳莊深處的米格爾對決……不過目前講到這裡應該就夠了吧。」

「我覺得非常精采。」

這是發自內心的讚美。最重要的是，沒想到一開始就會出現如此正經的推理。

「這就是我的推理，不過終究是外行人的想法。要採用也行，要當成墊腳石也可以。要殺要剮悉聽尊便啦。不過呢，嗯，如果被選上——」

阿拉什露出滿面笑容，這麼說道：

「到時候會讓妳拍到我難得一見的面貌喔！」

坂本龍馬的考察

「在阿拉什之後，由我來可以嗎？」

龍馬說著就舉起了手。

「請說請說。」

照理說算是提案者的崔斯坦欣然讓位。

一般而言，這種場合都是愈晚發表愈不利耶……

「這樣好嗎，崔斯坦？」

我有點擔心，忍不住開口問他。但是崔斯坦若無其事地這麼回答：

「因為我是要人家三催四請的壓軸——崔斯坦嘛。」

白擔心了。

算啦，總之聽聽龍馬怎麼說。

「感激不盡。那麼，我就說囉。我試著仔細地想了一下洛瑪・克雷西這個男人的事。他為什麼會來到這種地方呢？勝者為王……而且洛瑪是米格爾的部下，榮華富貴之路要多少有多少。儘管如此，他卻辭官當醫生去了。協助建立新國家明明應該比較愉快才對。」

「原來如此……會不會是已經受夠了戰爭啊？」

「沒錯沒錯。」

龍馬同意阿拉什的推論。

「這麼一來，從洛瑪的角度想，會不會根本不想看見米格爾的臉？畢竟一旦見面，無論如何都會讓他想起戰爭。」

「嗯，我也這麼認為。然而就算是這樣，洛瑪依舊特地前來參加派對。想必有什麼目的……嗯，應該不會是錢。」

「洛瑪曾經待在米格爾身邊，對於柯提斯的遺產比任何人都清楚。既然如此，應該可以看成他是為了金錢以外的理由吧？」

薩里耶利這麼說完，龍馬輕輕點頭。

「就是這樣。而且柯提斯的遺產不止財寶，他生前還盡可能蒐集了各式各樣的文件。洛瑪多半是認定其中藏有好友死亡的真相，於是採取行動。如果好友幸福地在某處度日當然很好，不過嘛，對方實在不像是那種人……他大概已經看開了，認為就算再也沒機會見面也是無可奈何。話雖如此，但要在政局不穩的新興國家找人，相當於大海撈針吧。」

龍馬說到這裡頓了一下，環顧在場眾人。然後說出結論。

「所以洛瑪對加布里艾菈下藥。一旦釀成事件，就能仗著調查的名義，在鳴鳳莊內保有一定程度的自由到處走動。」

「不過，他是怎麼下藥的呢？」

崔斯坦的疑問很有道理。洛瑪的立場並非招待方，不可能讓加布里艾菈選中特定的酒杯。更別說加布里艾菈身為主人，是最後一個拿杯子的。

但是龍馬對於這點似乎也有自己的看法。

「這麼想如何？她因為要處理很多不熟悉的事，疲勞本就已經到了極限，只是疲勞過度又喝了酒才倒下而已。洛瑪做了簡單的診察後，想到一個方法利用失去意識的加布里艾菈。他假裝讓加布里艾菈服用解毒藥，實際上是安眠藥。」

若是身為醫生的洛瑪便有可能做到……就是這麼回事。

「但是洛瑪也有誤判之處。就是薩拉查的失控。」

「怪了……這也就是說，不採用『薩拉查是大藏』的假設？」

「……不採用。這點絕不可能。以藏可是為劍而生為劍而死的人喔？就算失去記憶，大概還是會下意識地練劍吧。」

龍馬似乎把以藏和大藏當成同一個人了，感覺有點可怕，不太方便吐槽。

「正如方才阿拉什推理的，應該想成以藏已經沒戲分了。」

「龍馬你只是不好意思和以藏對戲吧？」

說話者是突然現身的阿龍。她可以算是龍馬的守護神，這次是為了拍片所以請她暫時消失。

「不是啦，阿龍。不，真要說起來，以藏根本就不能做這種事。一旦出了什麼差錯打開了開關，他就會把拍攝工作搞砸。從這個角度來說，以藏同樣不可能再度登場。」

阿龍既沒有肯定也沒有否定，只是意味深長地一笑便消失。看著她的身影不見之後，龍馬繼續說下去。

「不過以故事來說，還是要好好收尾才行。那麼，紫式部小姐在一開始講解角色時，告訴我洛瑪·克雷西的背景是日裔第三代。換句話說，在這個國家日裔人士相對常見。以藏飾演的大藏·岡，不用說就是日本的岡姓。宗矩先生則是柳·譚。譚可能是華裔姓氏，或者是谷（TANI）這個姓氏在當地演變而成。命名可能隨便，卻有它的法則。我這個角色的姓氏克雷西，現實必定存在。」

「像是暮石（KUREISHI）……？」

「對對對，就是這種感覺。」

龍馬笑著這麼說完後，突然變得一本正經。

「儘管如此，紫式部小姐自己卻沒有日系的名字，這不是很奇怪嗎？」

貞德 Alter 以誇張的動作表示同意。

「啊，這點讓我很在意。為什麼是加布里艾菈？」

「我在想，戲裡大藏提到的妹妹，會不會就是加布里艾菈？可能是米格爾收養她的時候，替她改了名字。不過嘛，或許只是牽強附會。」

「嗯，這部分只能靠想像去填補了。」

「好啦，接下來就是重點。在拍完的部分裡頭，洛瑪已經取得某種機密文件。那究竟是什麼，拍攝時我沒有多想，但是不久前我想到一個不錯的解釋。」

「喔？看起來你已經習慣即興發揮了。」

莫里亞蒂的語氣有點意外，洛瑪則是微笑著這麼回答：

「我在想，將它當成記載了大藏死亡情景的報告書如何？」

薩里耶利儘管對於這個答案表示肯定，卻帶有疑問：

「但是，你總不至於連內容都一清二楚吧。你打算怎麼辦？」

「關於這部分，就是我對於大藏・岡這個虛構人物的大量想像……大藏應該是個即使敗戰也會盡量砍殺敵軍後戰死沙場的人。但如果他死得這麼壯烈，消息應該也會傳進洛瑪耳裡吧？」

「而且如果知道，就不會做出這麼麻煩的事了。」

阿拉什這句話非常合理。

「這麼一來就會得到『大藏在不為人知的情況下，死於非常厲害的劍士之手』這個結論……做得到這種事的人，登場角色裡我只知道一個。」

「……啊！譚將軍？」

貞德 Alter 突然出聲。不過這麼一聽，確實想不到別人。

「在米格爾看來，譚將軍和大藏都是可能對自己拔刀相向的恐怖角色……既然如此，想讓他們自相殘殺也是人之常情吧？」

「不過事情會這麼順利嗎？」

瑪修插嘴問道。

「譚將軍看起來沒這麼愚蠢，不會打沒益處的仗吧。」

「嗯，飾演他的人也是這種角色嘛……」

莫里亞蒂這句話，令人想起但馬守的臉。

嗯，也對。

「所以若要說是誰挑起的，就會是大藏。而且大藏看起來很好操縱對吧？雖然只是想像，但是對方會不會是這麼指示的呢——『我會負責任照顧你妹妹』，『所以給我殺了那個男人』。結果就是同歸於盡。」

「同歸於盡……如果是這樣，的確很合理。」

「啊~很像這個男人的作風呢。」

貞德 Alter 不留情面的口吻，讓莫里亞蒂假哭起來。

「你們就不能對我溫柔一點嗎？五十前後的人精神面很脆弱的。」

……之後再安慰他吧。

「米格爾遵守約定，收養了大藏的妹妹，將她培養成出色的淑女。不過，結婚這點應該違背契約了吧。要是讓大藏知道，八成會氣昏頭拔刀砍人。」

「好可怕！」

大概是想起方才以藏的恐怖模樣了吧，莫里亞蒂縮起身子。

「洛瑪得知真相，故事就結束了嗎？」

對於崔斯坦的疑問，龍馬搖搖頭。

「不，這樣只有一半。洛瑪看起來是知道真相後會乖乖回去的人嗎？知道真相以後會怎麼做，就是有趣的部分囉。」

說著，龍馬看了過來。

「好啦，立香。我也擅自做了類似阿拉什那樣的解釋——也就是米格爾活著，偷偷躲在宅邸內某處。不過，意外失去薩拉查這枚棋子，他的內心應該相當焦急才對。」

到這裡為止都和阿拉什的提案相同。

「洛瑪找上加西亞，請他幫忙。除了他似乎很熟悉鳴鳳莊內部，更重要的是，他想報仇的心看來不假。於是兩人合作，終於抵達米格爾躲藏的房間。但是出面迎接兩人的米格爾，開口說出某句話。」

然而龍馬沒有繼續說下去。一會兒後，瑪修焦急地詢問：

「那個，接下來怎麼樣了呢？」

龍馬聳聳肩，用「這種事就不需要回答了吧？」敷衍過去。

「唉呀，這是個不知道會不會被採用的提案。要全部說明實在不太好意思……

不過如果被選上，到時候我應該會非常認真地試著演出來。」

於是龍馬對我說：

「如何，要不要考慮一下呀？」

薩里耶利的考察

阿拉什和龍馬，這麼一來就有了兩人份的考察。

目前來說，選哪一邊看來都不壞……

「……這場推理較勁……不，應該說是讓故事結構更為穩固的考察比賽，我也想加入。不，是不能不參加。」

薩里耶利出人意料地參戰。我原本以為，不管誰參加，薩里耶利都只會旁觀。

「薩里耶利先生也要嗎？」

看來瑪修也有同感。

「……嗯。」

「呃，因為和其他人相比，你看起來對於拍攝比較消極……」

「當然，我有疑問。不是對於電影，而是對於我自己。我到底在做什麼？不，無妨。沒關係。因為我早已決定要回報王妃的心意。」

聽到這種帶有自我完結感的回答，讓瑪修一頭霧水。不過，看來姑且還是有一聽的價值。

「——正因為如此。我針對安東尼奧這個男人的存在思索了一番。因為我從那個叫紫式部的女人口中聽到的不多。安東尼奧究竟是什麼人？和薩里耶利一樣名叫安東尼奧，呵呵，還是宮廷樂師……諷刺也該有個限度！」

儘管就這點來看，會讓人感覺式部的選角有其用意，但我倒是沒想到這部分。

「不過，萬一安東尼奧這人真的存在——假設他是個具備血肉之軀的靈魂……就能讓想像力馳騁。雖然需要一些時間，不過本人還是找出安東尼奧了。」

「融入角色確實很累呢。以我的情況來說，都是多虧了紫式部將洛瑪這個角色寫得和我有一定程度相似。」

「一樣。安東尼奧同理。**紫式部就是這麼安排的**。想到這點之後，相對容易多了。同時，嗯……也是因為注意到某個矛盾。」

「矛盾……？畢竟是即興劇，我想多少有點矛盾也是難免。」

崔斯坦有些疑惑。

「不，這個矛盾出現得相當早。在紫式部參與拍攝時就有了。正因為如此——本人懷疑那是刻意安排的伏筆！於是加以思索！」

怪了，所謂的矛盾究竟在那裡啊？

我不由得看向莫里亞蒂，莫里亞蒂似乎和我有同感。

「怪了，有什麼不對勁的地方嗎？我只覺得拍得很好呀……」

「是序幕！來，回想一下！想起安東尼奧和洛瑪之間曾經有這樣的對話吧！」

「話又說回來，真虧您有辦法逃過那場屠殺呢。畢竟在城破的那一天大家下手毫不留情，就連非戰鬥人員也不放過。」

「呃，那是……」

「啊……的確說過這種話呢。但這並不是什麼特別奇怪的臺詞吧？」

「很奇妙啊！沒錯……好比說巴爾加斯和加西亞！你們覺得這兩人為什麼能活過城破時的屠殺！」

「誰知道？可能運氣好？」

關於這一點，貞德 Alter 似乎不打算深思。但是，奧茲曼迪亞斯有所反應。

「……那還用說，很顯然是臣下賭命掩護兩人逃跑吧。所謂板蕩識忠臣就是這麼一回事。即使那是個滅亡在即的國家也一樣。」

「哼……」

「巴爾加斯和加西亞之所以浪跡天涯，也有可能是因為，到頭來只有他們兩個逃出去？而且，或許就是因為在生死關頭目睹了臣下的忠義……性格才沒有變得扭曲，成長為具有正義感的男人。」

或許就和阿拉什說的一樣。關於這部分，式部腦中可能真的有某種邏輯。

「試著這麼一想之後……宮廷樂師安東尼奧還活著就很奇怪了耶？」

「就是這樣。在王城淪陷之際，要保護的對象除了王族不作他想。無論再怎麼優秀的樂師，都不可能活下來。」

「就像王子他們有忠臣一樣，安東尼奧或許也有支持者呀？」

儘管莫里亞蒂壞心地這麼問，薩里耶利卻沒有半點動搖。

「……不惜賭上性命？不可能有人願意把性命交給不是稀世天才的人。」

「這裡就有喔～」

我不由得這麼說，薩里耶利似乎很尷尬。

「……當時沒有這種怪胎。沒有。讓我們這麼假設。這麼一來，安東尼奧能活下來的理由就很清楚了。他被解雇了——而且是在革命發生之前。」

真的……這麼一想的確很合理！

「但是被解雇也該有理由吧？」

「哈！一句話就能交代！」

薩里耶利沒把貞德 Alter 的疑問當一回事，不屑地說道：

「**沒有才華！**」

竟是如此殘酷的真相……

「沒有才華，也沒有技術……他當時大概已經走投無路了吧。」

明明曉得是在講安東尼奧，然而薩里耶利語帶自嘲的模樣，不知為何令人看了十分難受。

「怎麼會……可、可是如果真是這樣，應該當不成受歡迎的音樂家吧？」

「大眾音樂和宮廷音樂的評價標準完全不一樣…………………完全不一樣。」

「你是不是把自己投射進去啦？」

被貞德 Alter 這麼說，薩里耶利無言以對。不過最後他勉強擠出反駁。

「……我，不是薩里耶利。事到如今還講這些做什麼。好啦，安東尼奧這個人物已經補足了吧。下一步。為什麼，這個男人如此想來鳴鳳莊？」

「這麼說來，他好像說過自己用上了種種關係才進得來呢。」

正如崔斯坦說的，印象中安東尼奧強調過「動用關係」這回事。

「或許是聽說米格爾喜歡年輕女性，所以想把艾莉絲當成見面禮。」

「差勁，還是去死一死吧。應該先潑汽油再點火燒了這傢伙。好，做好心理準備了嗎？」

「喂，連犯罪行為都還沒發生吧!?」

貞德 Alter 的殺氣讓莫里亞蒂大為慌張。這完全是飛來橫禍。

「唉呀，說歸說，安東尼奧依舊是個成功的音樂家吧？他既有名又有錢，難道另外還有什麼特別想要的東西？」

「這就是答案。安東尼奧就是想要靠名氣和金錢都弄不到的東西，才會造訪鳴鳳莊。那樣東西，讓他不惜獻出搭檔艾莉絲也要取得。」

「那究竟是什麼？」

「樂譜……而且是宮廷樂師們留下的樂譜。」

龍馬一副想到了什麼的表情，開口說道：

「雖然不知道數量有多少，但是在鳴鳳莊應該找得到。畢竟，米格爾下令回收宮廷裡的一切文件。樂譜多半也不例外。」

「即使在市井取得成功，安東尼奧昔日的挫敗感依舊揮之不去。但是，他也無法背過頭不去看。因此……他想再看一眼那些已故樂師們的樂曲——想要親自確認。十年前攤在眼前的實力差距，是否已經追上，或者一生都沒希望。」

薩里耶利的考察無比沉重，讓聆聽的眾人都閉口不語。此時迦勒底那邊的莎士比亞與安徒生以立體影像加入。

「人家常說，如果想盡快讓故事有分量，利用作者自己的人生就好。這回就是稍微加進了安東尼奧・薩里耶利的人生吧。當然，細節有所差異……」

「沉重、太沉重啦。但是這樣才好！」

老實說，就和作家們講的一樣。原先猜不透在想什麼的安東尼奧，感覺突然間成了有血有肉的存在。

「確實，真是精采的推理……！可是，那個……」

瑪修一副難以啟齒的模樣，這麼問道：

「完全沒提到事件的真相或故事的結局對吧？這麼一來，與其說是『嗚鳳莊殺人事件』，不如說更像是安東尼奧先生的故事。」

「……我姑且還是有考慮過合理的發展。可是，沒有其他人那麼洗練。對於事件真相的部分別期待太多。雖然也考慮過結局……嗯，應該是個很適合復仇者的結果吧。」

薩里耶利似乎已經有答案，但是不打算在此說出口。就像方才龍馬保留不說一樣，他也依循了這個不良的前例。

「怎麼？很會吊人胃口呢。我可是很在意喔。主要是『我該不會又跟幕後黑手扯上關係吧』這方面！」

莫里亞蒂這麼逼問薩里耶利，不過當事者倒是顯得毫不在意。

「不知道會不會拍的東西，談細節也沒用。不過，如果需要拍攝的話……大概會需要崔斯坦卿協助吧。」

「嗯，如果需要協助……那麼我很樂意伸出援手。」

但是，如此回答的崔斯坦不知為何汗流浹背，彷彿在擔心什麼一般，但是他並未說出理由。

貞德 Alter 的考察

「要讓我等到什麼時候？差不多該讓我參加啦。」

三人發表考察之後，貞德Alter迫不及待地開口。

「喔，還以為接下來該輪到我了……既然這樣就禮讓給女士吧。」

這麼表示的崔斯坦，始終擺出一副遊刃有餘的表情。莫里亞蒂看在眼裡，小聲說道：

「他絕對是大意了……」

我默默點頭，選擇聆聽貞德Alter的高論。

「那麼，我就不客氣地先講了。話說回來，大家是怎麼解釋開場那一幕艾莉絲的心境？」

「嗯~厭惡到會破口大罵的對象在自己面前倒下對吧。既然這樣，不是會嘲諷對方或覺得對方活該嗎？」

很符合阿拉什性格的感想。

「實際上，紫式部小姐也拜託貞德小姐盡可能說些刁難人家的臺詞對吧。」

雖然好像不需要特別拜託，她平常說話就很尖銳了……

「像我就擅自認定艾莉絲是個嫉妒心很重的女孩子囉。」

「在旁人眼裡看來或許是這樣，不過我的解釋完全不同。這個嘛，艾莉絲的個性算不上率直。扮演她的我，也是一點都不純真。」

說著貞德 Alter 便盯著我，但是我刻意不和她對上眼。因為總覺得不管說什麼都會踩到地雷。

貞德 Alter 終於死心，繼續說下去。

「然後呢，這陣子我讀來打發時間的哲學書裡，寫著很有意思的東西。好像是人類只會嫉妒『擁有自己想要的東西』的人。身為外行人的我不曉得這種說法有多可靠，但我認為這是個不錯的方向。」

嫉妒……

但是，艾莉絲的嫉妒究竟是什麼呢？

「假設艾莉絲嫉妒加布里艾菈好了，是因為財產嗎？不過財產這種東西，只要繼續當歌手就能一直賺進來，所以不是。如果真的要讓艾莉絲感到嫉妒，就該是個歌唱得比她更好的女人。所以我認為，那不是什麼廉價的嫉妒，應該是某種超過利害得失的感情。」

龍馬和薩里耶利邊聽貞德 Alter 的考察邊點頭。

「嗯，就算艾莉絲是受歡迎的歌手，假如讓加布里艾菈不高興，大概也只會影響工作吧。」

「一來我不認為她會冒著觸怒當權者的風險，二來如果她真的只是要找碴……在背後說人家壞話就好。」

「但如果不是嫉妒……會是出於什麼感情呢？」

「大概是強烈的執著吧。」

如此斷言的貞德 Alter，看來已經為艾莉絲那些行為找到解釋了。

「……我認為艾莉絲是基於某個明確的目的來到鳴鳳莊，就像安東尼奧是為了閱讀被接收的樂譜不惜動用關係來鳴鳳莊一樣。沒錯，艾莉絲一定是來見童年玩伴的！」

「童年玩伴是指誰？」

話題焦點突然轉變，讓我不禁插嘴。但是貞德 Alter 沒受到什麼影響，繼續說下去。

「納戴・那達王國時代，身為庶民子女的艾莉絲，貧窮而安分地度日。當時國家還沒翻轉，想來不可能每天都過得很開心。可是艾莉絲有個能夠當成心靈支柱的玩伴……我想，那個玩伴就是加布里艾菈。名字……總之先叫她薰好了。這裡我也採用加布里艾菈是大藏之妹的假設。」

「喔，真是光榮。」

龍馬微微一笑。

「實際上，的確有洛瑪懷疑艾莉絲是大藏之妹的場面，以年紀來說似乎也沒有問題呢。」

「但是，某天薰突然不見蹤影。根據傳聞，似乎是柯提斯將軍收養了她。」

「也就是說她成了一介庶民根本無緣相見的人上人對吧。」

對於阿拉什這句話，貞德 Alter 點點頭表示肯定。

「艾莉絲希望和突然消失的薰再見一面，於是靠著薄弱的人脈找到安東尼奧，踏上歌手之路。為的是不斷往上爬，將來有一天能成為人上人。於是她成功地爬了上去，得以和薰見面。」

「不過以童年玩伴來說，加布里艾菈對待艾莉絲的態度很冷淡對吧。簡直就像初次見面一樣。」

龍馬的疑問很有道理。那種態度就算告訴我「其實兩人是童年玩伴」，也讓人難以想像。

「不曉得是沒認出我，還是認出來了卻假裝不認識……不管是哪一種，好不容易才重逢的童年玩伴居然沒注意到自己，心裡多半不會舒服，所以講話才會那麼難聽。雖然看到她平安無恙，應該覺得很高興才是。」

「可是也不該用那種口氣吧？」

對於我的質疑，貞德Alter聳聳肩。

「是啊。不過試著想一想她的立場。哥哥下落不明，自己被掌權的老人收養，這些事她都別無選擇對吧？無論生活多麼優渥，依舊和籠中鳥沒兩樣，這些年她想必都在扼殺自己的心，忍耐再忍耐。正因為如此，所以希望這些年來應該吞下了諸多不滿的她說出真心話，就算是惡言穢語也無妨；希望能聽她表露自己的心情，就算因此絕交也無所謂——僅此而已。」

「雖然沉重，不過感覺非常具有戲劇性呢。怪了……這麼一來也就表示艾莉絲不是犯人？」

貞德Alter對瑪修投以「妳在說什麼啊？」的眼神。

「那當然囉。滿心只想看見加布里艾菈有所反應的艾莉絲，不可能自己放掉這個機會。反倒該怨恨犯人奪走她等待十年的機會吧。更何況要是加布里艾菈就此身亡，兩人便再也沒有機會說話。為了確保加布里艾菈的性命安全，艾莉絲會全力搜索犯人。」

「說到犯人……是按照慣例由米格爾當幕後黑手嗎？」

顯得有些浮躁的崔斯坦開口問道。但是貞德 Alter 瞄了莫里亞蒂一眼，不屑地這麼說：

「喔，米格爾啊……他很礙事，所以就當他死了吧。」

「……咦，還有這種版本嗎？」

當不當幕後黑手是看人家高興，可憐的莫里亞蒂。

「我的話姑且不論，艾莉絲只是個普通女孩，哪可能演什麼殺陣。這種東西剪掉就行啦。更何況，故事的結局已經決定好了。」

「不過，既然米格爾不是幕後黑手，妳打算要怎麼讓故事合理？」

「很簡單啊。畢竟加布里艾菈是個年輕的遺孀，身邊就算有人心懷不軌也不足為奇……傭人們應該會想偷偷奪走柯提斯的遺產吧？」

「唔，土地和財產或許會被國家拿走，不過只要能掌握威脅政要的材料，大概就綽綽有餘了吧。」

「但是在沒有外人時下手會被懷疑……所以才想趁這個時候毒殺加布里艾菈，之後只要嫁禍給某個客人就好。嗯，這不是很棒嗎！薩拉查和巴爾加斯之所以會同歸於盡，八成就是因為薩拉查打算殺了巴爾加斯之後偽裝成自殺。」

「可是身為犯人的薩拉查在解答篇的時候已經死亡，這樣就少了點戲劇張力。這會比阿拉什的提案還要有趣嗎……」

奧茲曼迪亞斯表示懷疑。

「你忘了我剛剛說『傭人們』嗎？薩拉查只不過是其中之一喔。」

「傭人啊。嗯——但是，傭人在這部電影裡沒有登場。這部分如何處理？」

「這個嘛，要說我是在吹毛求疵也行……可是這麼大的宅邸，只有薩拉查一個傭人也很怪吧？」

「不太合理吧。」

「所以要解釋成『雖然還有很多傭人，但是基本上不會出現在鏡頭前面』。」

「嗯，這樣比較妥當。儘管也可以拜託其他從者扮演傭人，不過這樣大概又會太顯眼……」

阿拉什笑著說道。

「雖然也可以拜託職員們，但是在這個時間點只會讓他們困擾。」

「這個嘛，假如一次要安排一、二十人就麻煩了，但是只找一個人就沒問題啦。在我們身邊，不是有個有點不起眼卻也有點突出的人嗎？」

「嗯，這是在說哪位呢？」

「你的腦袋還真是僵硬呢。這人確實在場，而且正看著這邊。對吧，立香？」

「咦，該不會……」

我呆呆地指著自己的臉。貞德 Alter 則是心滿意足地看著我的反應。

「反應很快呢。沒錯，由妳當犯人！」

「就是這個！」

瑪修興奮地大喊，但是馬上就不好意思地摀住自己的嘴。

「啊……不，失禮了。一不小心就興奮過度……貞德小姐的提案，在影像推理作品裡是已經約定俗成的詭計……拿著攝影機的『某人』，也是登場角色之一。最重要的是，這麼一來前輩也能以演員的身分登場，真是個了不起的點子！」

「如果是傭人……也對！就算從一開始就跟著我們也沒什麼好奇怪的。正因為總是跟在身邊看著一切，才能夠漂亮地與大家周旋——就某方面來說，是個比莫里亞蒂老兄更陰險的犯人！」

「這裡有必要搬出我的名字嗎？」

聽到阿拉什的感想，莫里亞蒂鬧彆扭似地嘀咕。

「然後呢，在我指出犯人的同時，攝影機跟著掉頭，讓拍攝中的立香出現在畫面上，就是個很有震撼性的演出了吧。」

「……哼哼，確實很有意思！火焰女，妳的想法也相當不錯嘛！」

「對吧？我不否認這樣轉得有點硬，即使沒被選上也無話可說就是了。之前畫漫畫的時候我就有這種想法——創作果然很有趣呢！」

實際上，這個點子的確值得她自誇，內容和前面三人相比毫不遜色。

「……這麼說來，貞德小姐剛剛提到『結局已經決定好了』對吧？如果可以，能不能讓我們聽聽是怎樣的收場呢？」

瑪修一催促，原本自信滿滿的貞德 Alter 突然害臊起來。

「嗯？啊，妳那麼期待讓我很尷尬耶……就只是指出犯人後，會在四下無人時對還沒清醒的加布里艾菈說出真心話而已。」

看樣子她似乎不好意思現在說出口。

「至於說些什麼，等拍攝的時候就知道啦！」

崔斯坦的考察

這下子就有四種考察了。

「話又說回來……大家提出的推理，意外地都下了不少工夫呢。」

瑪修一副打從心底感到佩服的模樣，接著她對身旁的崔斯坦這麼說：

「不過伊西多祿畢竟是名偵探，不能輸給他們對吧，崔斯坦先生？」

然而崔斯塔沒有回答瑪修的問題。

「那個，崔斯坦先生？」

仔細一看，崔斯坦滿頭大汗，神情狼狽，顯露出美男子不該有的醜態。

莫里亞蒂見狀，露出了然於心的表情說道：

「哈哈，看樣子似乎是和貞德 Alter 小姐撞哏囉。明明當初不要裝模作樣早點發表就好……」

「怎麼啦？看你一臉好像世界末日降臨的表情。」

也不曉得貞德 Alter 知不知道這點，一開口就像在追擊。大概是她這句話成了致命一擊，崔斯坦整個人委靡不振。

「……瑪修，所謂的偵探還真難當啊……」

豎琴彈出來的音色感覺也走了味。

「啊？」

「乍看之下，會以為偵探有作者賦予的特權，但是這個靠山薄得靠不住。不能像其他人一樣利用解答篇演戲，對我非常不利。我當初就該在問題篇埋下用來和大家並肩的伏筆……好比說其實我是某人的兄弟，或者其實我是某個大家都以為已經死亡的人物……」

崔斯坦一蹶不振的模樣令人同情。

「崔斯坦先生……」

「直到為時已晚，我的心底才總算湧出想要當主角的念頭。然而，它似乎來得有點晚了……」

「畢竟前面幾乎都是阿德麗安娜在推理嘛。」

貞德 Alter 壞心眼地插嘴。

「確實，如果照這樣下去，會不知道他為什麼要出場呢。」

「是啊。雖然現在提這個有點晚，但是拿著樂器的設定也完全沒利用到。」

龍馬和薩里耶利毫不留情地指出問題所在，讓崔斯坦沮喪地垂下頭。

「……照這樣下去，打著名偵探招牌登場的伊西多祿就成了個無能的稻草人。

可以允許這種事發生嗎？」

正當我猶豫著該怎麼緩頰時，崔斯坦突然挺直背脊，睜開眼睛。

「……不，不能允許！」

他露出了靈機一動的表情。

「不用這麼自虐吧。雖然你的確連一點像偵探的行為都做不出來。」

「拜託講話婉轉一點！」

起先像是要安慰人家的貞德Alter，狠狠地用言語打擊崔斯坦，讓他遭受重創。

可是，不知為何崔斯坦嘴角帶有笑意。

「不，我決定逆向思考。沒錯，既然無能，那麼活用無能就好。」

「那個，崔斯坦先生？」

瑪修擔心起樣子不太對勁的崔斯坦，但是後者擺擺手表示沒問題。

「雖然伊西多祿無能到就連扮演他的我也覺得失望，只有長相可取……不過，實際上是阿德麗安娜在操縱他——這個真相怎麼樣？最後就以阿德麗安娜指出犯人來劃下句點。」

阿拉什眼睛發亮。

「喔，交換身分是改編我的點子嗎？這樣也不錯呢。」

「可是如果要用這種交換哏，真相不夠震撼就輸了吧？」

「嗯，真相啊……**已經不重要了**。」

「啊？」

貞德 Alter 頓時傻眼。

「只要看起來像是『雖然發生意外，電影還是勉強拍攝完畢』的樣子，說得極端一點，真相是什麼都可以。要不然用前面四人發表的也無妨。」

「這……不就等於是要拋棄大前提嗎？」

薩里耶利說得沒錯。崔斯坦看起來就像是自暴自棄。

「不。因為，我所想到的解答篇這才要開始。」

「但是，你剛剛才說要以阿德麗安娜解決案子劃下句點吧？」

奧茲曼迪亞斯的疑問也很有道理。然而，崔斯坦沒有半點動搖的樣子。

「我只不過試著換了個解釋而已。好比說，如果各位方才討論的是『鳴鳳莊殺人事件』，那麼我現在要談的東西，說穿了就是『漂流電影空間好萊塢　鳴鳳莊殺人事件』……換句話說，讓我們這些幕後花絮也成為電影的一部分。」

我明白崔斯坦的主張了。意思是，雖然他已經放棄在「鳴鳳莊殺人事件」當主角，但是換成納入幕後工作的節目「漂流電影空間好萊塢　鳴鳳莊殺人事件」就還來得及挽回。確實，在伊西多祿已經淪為配角的此刻，要讓崔斯坦發光發熱別無他法。

「換言之，就是要將我們手忙腳亂的狼狽模樣也放進作品裡啊？這麼一來連電影主題都不一樣了呢。」

龍馬尷尬地搔了搔臉。

「錯就錯在找不到主題還想繼續拍電影……既然如此，乾脆把紫式部昏倒事件當成主要謎題就好。如果紫式部昏倒是有心人把它偽裝成不幸的意外呢？如果是這樣，那麼讓紫式部退場受益最大的人又是誰呢……這種為什麼不是很有趣嗎？」

「嘖，選擇打破第四面牆往外逃嗎？」

此時安徒生的立體影像蹦了出來。

「不過還在新本格推理容許的範圍內——雖然已經差不多踩線了。假如不夠犀利，觀眾可不會接受喔？你準備了怎樣的真相？」

「唉呀，剩下的就不能多說了……但是我可以保證會很有趣。畢竟……扮演偵

探的人是我嘛……！」

「要自己當偵探表現一下是吧。」

貞德Alter無奈地看著已經開始在腦中模擬拍攝的崔斯坦。

「崔斯坦先生的點子令人很在意……這麼一來，大家一共提出了五種結局呢。前輩要選哪一個？」

我覺得每一個解答篇都很吸引人。而且大家都沒把最重要的部分講出來，所以全都很在意也是難免。

「……嗯……要選來當結局的是……」

「要選的是？」

大家異口同聲。

但是我不可能只從裡面挑出一個……於是我不禁這麼說。

「機會難得，要不要全都拍？」

加西亞（阿拉什飾）END

鳴鳳莊深處的房間，有個在黑暗中蠢動的身影。

「可惡的薩拉查……我明明是下令暗殺王子，卻偏偏誤毒了加布里艾菈。不僅如此，還自顧自地就死了……」

男子的話音裡帶有懊悔。

「算了，能夠收拾掉王子比較重要，何況加布里艾菈有可能清醒。可是，接下來該怎麼辦呢……」

此時，加西亞突然走進房間。

「嗯，果然躲在這裡。如果是我也會這麼做。」

加西亞一點燈，應該已經死亡的米格爾·安赫爾·柯提斯隨之現身。

「唉呀呀……來了一隻優秀的獵犬啊。不過，真虧你曉得這個地方呢。外行人應該來不了才對……」

「這裡是王室的別墅，小時候我和他在這裡玩過捉迷藏。雖然鳴鳳莊似乎經過一番整修，但是沒辦法連格局也改掉嘛。」

米格爾照理說已經走投無路，表情卻顯得遊刃有餘。

「嗯……既勇敢又有體力，腦袋還很靈光。符合我的期望。」

「什麼意思？」

「沒什麼，只是想替你安排個新工作罷了。要不要留在鳴鳳莊，當薩拉查的接班人呀？」

聽到出乎意料的提議，讓加西亞十分驚訝。

「你說什麼？」

「我許死從臺前離開，打算像幽靈一樣操縱這個國家。但是，幽靈也需要干涉手段，這個手段就是加布里艾菈，以及薩拉查……現在薩拉查死了，讓我有些困擾。如何，願不願意幫忙？當然，你的各種需求都能滿足。而且我上了年紀時日無多……不久之後這些全都是你的。這筆生意應該不錯吧？」

「我拒絕。」

回絕提議的加西亞，靜靜地燃起了怒火。

「喔，你要傻傻地報仇嗎？」

「……剛剛那番話，可以當成你對於罪行的自白吧？」

米格爾彷彿要安撫加西亞的憤怒一般，比著誇張的手勢進一步說道：

「確實，命令薩拉查暗殺王子的人是我，但是你要盡忠的對象已經不在了吧？

我會支付相應的賠償費用，就連加布里艾菈也可以隨你……」

「你忘了余的長相嗎！」

加西亞大喝一聲，終於讓米格爾的表情僵住。

「難道說……你是康科迪亞王子！」

「總算發現啦。沒辦法，畢竟十年前的我只是個小孩嘛。」

「居然玩替身這種小把戲……完全上了你的當。」

米格爾很快就重新振作起來和加西亞對話，但是神情顯得焦躁不安。

「不，既然如此……你就更應該和我聯手。如果有效利用我的『遺產』，搞不好連王室都能中興。更何況，真正重要的『遺產』，連加布里艾菈都不知道。如果你此時殺了我，那些東西就再也沒機會……」

加西亞一箭射向米格爾，彷彿在說這些話不值得聽下去。箭矢深深刺進胸膛，米格爾口吐鮮血。

「嘎啊！沒想到，我會在這種地方……」

於是米格爾倒臥在地，就此一動也不動。

「……時鐘不會倒退。死人就老老實實地去死吧。」

加西亞丟下無言的米格爾，走出房間。

在走廊上漫步的加西亞，遇見洛瑪。

「這麼晚了在做什麼呀？」

「啊，是醫生啊。把你吵起來了嗎？其實我打算先走一步。畢竟還得幫巴爾加斯立個墓才行。」

「加布里艾菈小姐不久前恢復意識囉。雖然又睡著了，不過很快就會康復。」

「這樣啊……真是太好了。那麼，麻煩醫生替我向她問好。」

說著，加西亞便從洛瑪身邊走過。但是洛瑪對加西亞的背影拋出這麼一句話。

「我雖然沒有你那麼行，不過鼻子還是挺靈的。尤其是對血腥味特別敏感。」

加西亞停下腳步，轉頭看向洛瑪。

「其他的就不用多說了。後面那些麻煩事，可以全部推到我頭上。」

「……但是你看起來不像壞人。」

「真要說起來，好人是不會動手殺人的。」

加西亞的正論讓洛瑪無言以對。但是，他很快就講出了該對加西亞說的話。

「我就開門見山地問了……你是康科迪亞王子吧。」

聽到洛瑪這麼問，加西亞舉起手制止他。

「算了吧。那是死人的名字。」

「恕我失禮。失去仰賴的薩拉查之後，加布里艾菈小姐應該會很不安吧。如果你不嫌棄，能不能留下來，待在她的身邊呢？」

「一邊保護加布里艾菈一邊打獵，過著隨心所欲的生活……或許也不壞呢。」

「那麼……」

看見洛瑪眼睛一亮，加西亞搖搖頭。

「不過，我還有工作要做。就是因為這樣，我和他才會在國內流浪。」

「我在診所聽新聞廣播時，他們曾經報導過身分不明的正義英雄，沒想到居然就是你。」

「那是身為納戴・那達最後一個王子的責任。即使國家的形式變了也一樣。」

洛瑪苦笑，似乎放棄說服對方了。

「這性格還真吃虧啊。如果你即位，或許事情會有所不同。」

「這個嘛，誰知道呢。不過，至少可以肯定——我救了加布里艾菈。這樣我就心滿意足了。」

加西亞說完，以踏實的腳步離去。

洛瑪（坂本龍馬飾）END

加布里艾菈的房間。伊西多祿和阿德麗安娜屏息旁觀洛瑪看診。

一會兒後，看完診的洛瑪開口。

「……加布里艾菈小姐算是在恢復當中了吧。儘管還是有突然惡化的可能性，不過姑且可以視為情況穩定。」

「原來如此，這麼一來洛瑪先生就不需要一直陪在旁邊了。今晚由我們輪班照顧她，洛瑪先生請好好休息。」

「感激不盡。不過她要是出了什麼狀況，我的面子會掛不住。我應該差不多休息兩個小時就好。」

「別說兩小時，就算四小時……不，乾脆休息六個小時也無妨喔。」

「哈哈，那我就接受你們的好意了。要是睡不著的話，我就會回來。」

「那個，洛瑪先生……晚安。」

聽到阿德麗安娜的呼喚，洛瑪回過頭向她露出笑容。

「嗯，晚安。」

離開加布里艾菈房間的洛瑪，就這麼從自己房間門前走過，然後敲了敲加西亞房間的門。很快地，加西亞從中露面。

「……醫生啊。這麼晚了有什麼事嗎？」

但是加西亞沒有要讓洛瑪進房間的意思，大概是在提防深夜來訪的洛瑪吧。

「我問你，你想不想為巴爾加斯報仇？」

但是洛瑪完全沒有介意，甚至這麼問道。

「那當然。要是查出犯人身分，我會親手殺了他。」

「既然如此，要不要和我合作？如果我沒猜錯，你應該對這間屋子很熟悉吧？希望你可以告訴我，哪些地方適合藏身。而且，我了解那個人的心理，知道他比較容易躲在怎樣的地方。」

洛瑪相當肯定加西亞會答應自己的提議。加西亞沉默半晌後開口。

「……行。不過，你的目的是什麼？」

「弔唁好友，這個理由行嗎？其實，我發現了這個東西。」

說著，洛瑪拿出一份文件。

「這是？」

「關於十年前那一晚的報告書。這也是柯提斯遺產的一部分。根據這份報告，大藏似乎和譚將軍同歸於盡了。譚將軍是軍方……不，國內最強的劍士。能夠不靠偷襲就殺掉大藏的只有他。」

「譚將軍確實很厲害……品格高尚，而且受人愛戴。不過，真沒想到他最後的對手會是劍鬼大藏・岡啊。」

「還是覺得難以置信嗎？」

「……不，已經夠了。畢竟我也是為了弔唁好友而行動。」

加西亞走出房間，順手關上門。接著他要洛瑪跟著自己走。

「過來。我帶你把那個傢伙可能躲藏的地方全部走一遍。」

位於鳴鳳莊最深處的書庫。打開門，點亮燈火，照理說應該已死的米格爾就站在裡頭。

「……真是的，我都已經躲起來了耶。」

但是，米格爾臉上毫無懼意。

「殺害大藏的就是你對吧？」

「什麼？那份資料裡寫著同歸於盡……」

加西亞脫口而出，似乎搞不清楚狀況。米格爾見狀愉快地瞇起眼睛。

「不要亂講話。讓加西亞老弟誤會怎麼辦？那是不折不扣的同歸於盡啊。」

「是這樣嗎？你的敵人總是剛剛好同歸於盡呢。是不是施了什麼魔法呀？」

米格爾「哼哼哼」地笑了幾聲。

「不愧是前部下，看來你對我的作風多少有些了解。施魔法很簡單喔。那就是讓地位比自己低的人拚命……僅此而已。對了，也向你施……」

米格爾才說到一半，洛瑪手中刀已經出鞘，一刀砍向米格爾。

「怎麼會……為什麼……」

遭到突襲的米格爾身子一晃，跪倒在地。

「『我會負起責任照顧你的太太』，『所以給我全力收拾掉這個男人』……你是不是以為說出這種話，我就會對加西亞動手？」

「為什麼……會知道……」

「只要搬出妹妹，大藏應該就會欣然接受你的提議。如果我處於相同的立場，或許也會這樣。既然已經曉得有這招，我就不會上當了。」

明白自己太過大意的米格爾，就此倒地不起。顯然已經一命嗚呼。

「抱歉啦，我擅自殺了仇人。」

洛瑪收刀回鞘，並且向加西亞道歉。但是加西亞似乎沒有生氣。

「沒關係。如果我處於你的立場，也會做出一樣的事。更何況，我也很慶幸不用和你一戰。」

聽完回答之後，洛瑪便催促加西亞離開。接著他瞄了倒在地上的米格爾一眼，這麼說道。

「……就讓屍體躺在這邊吧。他正適合孤單寂寞地留在這裡，直到這間屋子被拆掉的那一天。」

洛瑪回到加布里艾菈的房間，阿德麗安娜上前迎接。

「啊，歡迎回來。休息夠了嗎？」

「嗯，託你們的福。現在我狀況正好。」

說著，洛瑪看向床上的加布里艾菈。

「話說回來……能不能讓我和加布里艾菈獨處一下？當然，我沒打算亂來。」

「方便問理由嗎？」

「加布里艾菈呢，是我某位摯友留下的唯一一個親人。即使她沒醒來，我還是有很多事想向她報告。」

「既然是這樣的話……請慢慢說。」

阿德麗安娜一鞠躬，離開了房間。

「……那麼，就讓我們開始吧。」

洛瑪開始對沉睡的加布里艾菈說話。

「我和妳哥哥是同期。我擅長治療別人，妳哥哥則擅長殺傷別人，完全相反。儘管如此，但是不知為何我們很投緣。不，這麼想的會不會只有我啊？」

當然，加布里艾菈沒有回應。

「從軍之後，我再次了解到王國已經無藥可救。但是我假裝沒看見現實，只是以軍醫身分執行任務，就這樣一天天地過，有如對自己的心打嗎啡一樣。想必妳哥哥很瞧不起這樣的我。正因為如此……我才認為，至少要救妳。」

洛瑪說出這句話的瞬間，加布里艾菈露出微笑……她讓人有這種感覺。不管怎麼樣，那只有一瞬間，已經無從確認。

「該不會，妳剛剛笑了？還是說，那只是我的錯覺？」

儘管加布里艾菈沒回應，洛瑪依舊繼續說下去。

「無論如何，如果妳願意聽，這些事要我說多少都行……要說多少都行。」

安東尼奧（薩里耶利飾）END

陰暗的書庫。安東尼奧靠著地板上的燭臺光亮，獨自翻找某些東西。

「……找到了！」

安東尼奧拿起樂譜，欣喜若狂。

「哈哈哈哈，這也是、這也是、這也是……真令人懷念。全都很像是那些傢伙會寫的曲子。」

他以憐愛的眼神看著樂譜。

「這些樂譜難懂得令人傻眼……完全不理會世俗……而且……格調實在太高。果然原創就該這樣才對。」

突然，房間裡的燈光亮起。安東尼奧看向入口，發現伊西多祿站在那裡。

「果然如我所料呢。」

「偵探來這裡有何貴幹？」

「和你一樣來找東西的。其實政府高層裡有人愛好藝術，想要宮廷樂師們創作的樂譜。我雖然這副打扮，不過專業是搖滾，分辨不出樂譜。所以，我一直在等你把東西找出來。」

安東尼奧握著整疊樂譜，向伊西多祿這麼問道：

「喔……那麼先前那些事都是你幹的嗎？」

「關於加布里艾菈小姐的部分，我本來並沒打算殺她——只是想要個能在屋裡自由行動的藉口。為此，有個人倒下就行了。我在拿薩拉查端來的酒時，順便往剩下的杯子之一下毒。沒想到她居然拿到唯一一杯下了毒的酒，真是個不走運的女人啊。」

伊西多祿壓低聲音竊笑。

「本來沒打算殺她，是吧？那麼薩拉查和巴爾加斯的死，又要怎麼解釋？」

「正當我私下在倉庫找東西時，被薩拉查發現了。不得已，我只好解決掉他。沒多久，來找薩拉查的巴爾加斯向我問話……然後我把他也解決了。因為他剛好背對著我嘛。」

「原來如此。正好偽裝成同歸於盡是吧。邪魔歪道。於是你最後要殺我嗎？」

但是伊西多祿搖搖頭。

「讓你看起來如此其實非我所願。對我而言，殺人再怎麼說都只是手段，不是目的。如果你願意把樂譜全部交出來，我可以放過你喔。」

一滴汗水流過安東尼奧的臉頰。

「……你會給我時間思考吧？」

「需要思考嗎？那些音樂終究只是發霉的東西，不認同你的人所做的曲子，只會讓你感到不快吧？」

伊西多祿一說出這些話，安東尼奧就把手裡的樂譜摔到地上。

「你懂什麼！西蒙、費南德、大衛、奧雷利歐……你連他們的才華都不曉得，不要隨便胡說八道！就算是不顧世俗、走入死巷的藝術……那些東西依舊是我的一切。」

伊西多祿露出無法理解的表情，看著安東尼奧和他周圍的樂譜。

「啊～啊～散得到處都是……要全部撿起來可麻煩了。不過如果剛剛的舉動代表你拒絕交易……那麼在這裡被我收拾掉也沒得抱怨對吧？」

但是安東尼奧沒表現出半點懼意。

「打從一開始我就不認為你這種邪魔歪道會放過我。」

「看來我這人還真沒信用呢。」

「你或許在你的領域是一流……但你好像不太了解人心。」

說著，安東尼奧伸腳勾倒燭臺，於是火延燒到樂譜上。這下子伊西多祿臉上終於出現動搖的神色。

「你居然做這種蠢事！」

「想要的話把火撲滅就好了吧？」

「你也跟我一起滅火！這樣下去不止樂譜，連屋子都會燒成灰啊！」

「那又怎麼樣？會覺得困擾的又不是我。」

安東尼奧不為所動，伊西多祿決定無視他，試圖踩熄樂譜上的火。

「該死，為什麼不熄！啊啊！」

火從樂譜往人體延燒，裹住伊西多祿全身。

「啊啊，燒起來了！好燙啊啊啊啊啊！」

安東尼奧只是冷冷地看著伊西多祿。

「蠢貨。明明只要放棄樂譜就能保住一命。」

在這段期間，火已經形成烈焰，遍及整個房間。

「話雖如此，不過這下子我也出不去了呢。」

火勢已經凶猛到無法逃脫，安東尼奧只是呆呆站在房間中央。此時，房門突然打開，出現在火焰另一邊的人是艾莉絲。

「喂，叔叔？你在做什麼啊!?」

艾莉絲遭到火勢阻止，進不了房間。

「妳跟著我來的嗎？很遺憾，我就到此為止了。不管怎麼樣都別踏進來喔？」

安東尼奧若無其事地說出這種話，艾莉絲則是露出難以置信的表情看著他。

「騙人的吧？我去找救兵！」

「別找！反正已經來不及滅火了，妳就趁著火勢還弱，和其他人一起逃吧。」

「可是……」

艾莉絲似乎還在猶豫。即使這番話說得非常有理，她大概還是不願意拋下安東尼奧。

「……離房間燒光還有點時間，在那之前我就和妳聊聊吧。」

於是，安東尼奧開始談起往事。

「被趕出宮廷兩天後，那場革命爆發了。偶然的幸運讓我鬆了口氣，而且內心狂喜。因為那群不認同我才能的傢伙，全都離開人世了，也就是說命運替我報了仇。先不管體面與否，至少活下來的就是贏家——當時我打從心底這麼想。因為活了下來，我拚命創作能賣的曲子，發誓要在這個國家的歷史上留名。」

在火光照耀下，皮膚逐漸被烤乾的安東尼奧繼續說下去。

「十年過去，我成了受到眾人認同的音樂家。但是……無論俗世給多少好評，都無法填補我心中的空洞。不僅如此，每當創作新曲時，我都會聽到那些人的嘲笑。」

「……雖然之前因為不好意思所以沒直說，但是我很喜歡叔叔的曲子！」

「原來妳說得出這麼可愛的話呀。」

安東尼奧開起玩笑。

「寫出好曲子是理所當然。因為是模仿我喜歡的曲子。」

「模仿……這是什麼意思？」

「說起宮廷音樂，都是些會讓大眾覺得難懂、無聊，沒辦法接受的東西。我是拿他們的音樂為底，做些容易聽的曲子……我所做的，其實是翻譯。如果他們還活著大概會笑我吧。實際上，在我看來也是些粗劣的仿製品，沒什麼了不起的。那些可恨傢伙的音樂，最熱烈的支持者就是我。」

火勢愈來愈凶猛，著火的書櫃開始崩塌。很顯然地，安東尼奧不久後就會落得一樣的下場。

「差不多該道別了。但是不必悲傷。因為我早在那天就死了……就在我永遠失去想回歸之處的那一天。我的才能雖然是贗品，妳的歌聲卻是真貨。即使我不在，妳還是能充分發揮吧。」

「叔叔你這個笨蛋！為什麼要說這種話！」

「這種一點也不像淑女的口吻早點改掉。因為我已經沒辦法再護著妳了……」

「叔叔！」

安東尼奧遭到火焰包圍，然後……

安東尼奧一個人倒在黑暗之中。

「我死了嗎？」

安東尼奧抬起頭，隨即注意到那些俯視他的人影。

「喔喔，西蒙、費南德、大衛、奧雷利歐……你們來嘲笑我了嗎？」

人影說了些話。

「什麼嘛，要說壞話就講清楚一點。我就是討厭你們這種地方。」

到了極限的安東尼奧垂下頭，閉上眼睛。即使如此，他的嘴依舊在動。

「但是，我現在已經寫得出能回敬你們的曲子了……所以……先讓我聽聽你們的曲……子……」

不久後，安東尼奧迎來完全的靜止。但是，他的嘴角還掛著心滿意足的微笑。

艾莉絲
（貞德 Alter 飾）END

大廳。艾莉絲突然這麼宣布。

「我搞不好已經知道犯人是誰了。」

「咦，真的嗎？」

艾莉絲點頭。

「可是，犯人是怎麼讓加布里艾菈小姐喝下毒酒的呢？」

「只對加布里艾菈選的杯子下毒……這種想法說穿了就是個錯誤喔。實際上每個杯子裡都有毒，不管選哪一杯結果都一樣，這才是真相。」

聽到艾莉絲的推理，阿德麗安娜提出質疑。

「既然全部都有下毒，那麼其他賓客沒出現中毒症狀不是很奇怪嗎？」

「對於解釋不清這點我道歉。酒裡只下了非常少量的毒，所以一般人喝了也不會馬上中毒喔。不過，如果體內平常就累積了毒素，這一杯就可能成為最後一根稻草了吧？」

「原來如此，也有這種思考方向呢。像砷就是這類會在人體內累積的毒物。」

洛瑪表示同意。不過，同時他也感到納悶。

「不過如果採用這種推理，代表犯人平常可以對加布里艾菈小姐的飲食下毒，這種人就很有限了呢。」

「沒錯，平常可以在食物裡摻入這種毒物的人……也就是傭人。」

一陣討厭的沉默。一會兒後大家的目光都集中過來。

「而且妳就是犯人，對吧？」

說著，艾莉絲指向我。

「為什麼……」

我不由得脫口而出。

「妳總是跟在我們身邊，把一切都看在眼裡。只要有那個心，妳要處理得多狡猾都做得到吧？」

「原本還以為，在這種陰謀滿天飛的場合才不會被懷疑……」

我跪倒在地，承認失敗。

加布里艾菈的房間。艾莉絲對沉睡的加布里艾菈開口。

「欸，薰。妳還不起來嗎？還是說妳已經忘掉以前的名字了？」

理所當然地，薰沒有回答，但是艾莉絲自顧自地繼續說下去。

「我啊，在來到這裡之前，一直在思考要對妳說些什麼。可是腦中只浮現像是『好久不見』、『近來好嗎？』這種平凡的話語……」

艾莉絲邊說邊走近加布里艾菈的床。

「即使如此我還是認為，如果妳記得我，那麼老套地打招呼也可以。就是因為妳連這種反應都沒有，我才忍不住說出那些過分的話。」

然後她坐到床邊的椅子上。

「就算這樣，我還是滿心期待，或許妳會用真心話回答我。沒想到在得到答覆之前妳就倒下了。」

說著，艾莉絲握住加布里艾菈的手。

「犯人已經被逮捕了……所以，快點好起來喔。就算妳要和我絕交也沒關係。我會一直等待妳的回答。」

房間轉暗，只有相握的手從黑暗中浮現。最後的瞬間，加布里艾菈的手彷彿回握般動了一下。

伊西多祿
（崔斯坦飾）END

大廳。阿德麗安娜在眾人圍繞下，煞有其事地說道。

「……犯人的誤判只有一個——沒發現我才是名偵探。」

說著，阿德麗安娜面對攝影機擺出誇張的姿勢。

「而且……犯人就是你！」

「好，卡！」

聽到莫里亞蒂的聲音後，我深深鬆了口氣。

總算拍完了……

「這麼一來就殺青囉。大家辛苦了。」

莫里亞蒂這麼說完，瑪修立刻跑向崔斯坦。

「對不起，崔斯坦先生。我等於搶走了你難得的表現機會……本來不需要交給阿德麗安娜負責，由伊西多祿解決也行的。」

但是崔斯坦顯得不怎麼介意。

「喔，這倒是無妨。都怪我太遲鈍，給妳添了很多麻煩。聰明的妳理所當然該得到這些。」

「聽到你這句話，我的心裡就舒坦多了。」

此時奧茲曼迪亞斯和阿拉什現身。

「半途脫隊實在非余所樂見。沒想到余不得不袖手旁觀。」

儘管嘴巴上這麼抱怨，表情卻很開朗。

「不過……假如又發現這種微小特異點，到時余必定會當上主角。」

「好的，期待那一天的到來。」

接著阿拉什開口了。

「再來就是檢查毛片，等待剪輯了吧？嗯，事到如今也不會重拍了吧。小姑娘的活躍就是這麼耀眼啊。」

「謝謝你，阿拉什先生。」

說著，瑪修往別的方向看去——一臉有話想說的貞德Alter和薩里耶利。

「……這次沒辦法，算我輸吧。但是我下次絕對不會輸，絕對！」

「好的，我會等待那一天到來。」

「原本想找機會搶走主角寶座……妳的演技卻比我想像中還要精采。真是後生可畏啊。」

「居然能得到薩里耶利先生如此讚賞……實在是無比光榮。」

貞德Alter和薩里耶利離開後，龍馬和莫里亞蒂走近。

「瑪修，辛苦了。今天的演技很棒喔。」

「我也有同感呢。」

「兩位居然都這麼說……真令人感動。」

「幸好有瑪修妳精采的演出。」

我順著兩人的話稱讚瑪修，讓她羞紅了臉。

「啊，這麼說來紫式部小姐沒事吧？」

瑪修就像要敷衍什麼似地轉變話題。

「雖然意識還沒恢復，不過應該只是時間問題。」

「希望能在撤離特異點之前醒來就好囉。我們接下來要去探望她。」

說著，莫里亞蒂轉過身去，大家跟在他背後。

「我稍後也會過去。」

眾人為了探望式部而先後離開大廳，瑪修和崔斯坦卻完全沒有要移動的意思。

「那個……瑪修、崔斯坦，是不是該去探望人家啦？」

但是兩人仍舊一動也不動。而且他們的模樣對比強烈，相較於表情有些焦急的瑪修，崔斯坦則是氣定神閒。

這到底怎麼回事啊？

「說得也是，事情處理完就走吧。對不對，瑪修？」

聽到崔斯坦這句話，瑪修顯得十分動搖。

「崔斯坦先生在這邊還有事要處理嗎？」

看到她的反應，崔斯坦微微揚起嘴角。

「唉呀，聽妳這種口氣，簡直就像是希望我離開這裡耶，瑪修？」

瑪修一臉驚愕。

「看來我說中了。話說回來，妳要找的是不是這個？」

說著，崔斯坦拿出一個平凡無奇的垃圾桶。瑪修的表情更顯扭曲。

「這個垃圾桶怎麼了？」

身為攝影師的我不禁插嘴，但是崔斯坦彬彬有禮地回答了我：

「唉呀，御主……喔，原來妳還沒發現啊。」

崔斯坦頓了一下，然後睜開眼睛。

「意思是，瑪修就是一切的幕後黑手。」

「咦!?」

雖然我不曉得崔斯坦下斷語的理由，不過從瑪修的反應看來，這似乎是真相。

總而言之，我決定聽聽崔斯坦怎麼說。

「只要睜大眼睛觀察事件，就會一清二楚。出身不是舞臺背景地區的偵探缺乏後盾，容易變成局外人。因此像這次的場合，很難參與到故事中心，更別說是偵探助手了，對吧。」

如果崔斯坦所言為真，代表式部昏倒是瑪修為了成為故事主角而安排的……想到這裡，我看向瑪修，結果她突然啜泣起來，開始自白罪行。

「我、我不想當配角。但是紫式部小姐不打算讓我擔任顯眼的角色……所以，我才把很久以前弄到手之後小心藏起來的帕拉塞爾斯先生的藥，混進飲料裡讓她喝下去！」

「原來如此。妳早就知道紫式部去找帕拉塞爾斯拿藥是吧。所以妳才會認為，就算讓她服下妳手邊的藥也不會穿幫……」

「是的……而且紫式部小姐乾脆地喝下去。那一刻，我打從心底確定自己已經贏了。」

「但是，這樁犯行有個很大的弱點。妳拿自己丟掉的包裝紙當證據，主張紫式部是自己服藥。不過既然把藥混進飲料中的是妳，代表垃圾桶那張包裝紙不可能沾上紫式部的指紋；不僅如此，甚至有可能留下妳的指紋。妳想處理掉這項鐵證。」

瑪修雖然在最後關頭犯錯，但如果崔斯坦沒指出這點，想必沒人會發現。儘管規模小，卻差點成了完全犯罪。

「我原本有自信，只要紫式部小姐退場，之後就能操縱崔斯坦先生，隨心所欲地採取行動。」

「實際上也很順利……雖然只到途中為止。瑪修，妳的誤判就在於，沒看穿我那些醜態只是演出來的！」

「那是演出來的嗎……？」

這些不解風情的話語自然而然地脫口而出。但是，崔斯坦不為所動。

「……的確。沉睡的名偵探崔斯坦……我太小看你了。我輸得徹底。」

瑪修垂下頭，彷彿要讓人上銬似地伸出雙手。

「什麼懲罰我都願意接受……」

「唉呀呀，妳是不是誤會什麼了？我可沒有打算告發妳喔。」

瑪修抬起頭，表情看來相當意外。

「妳是顧慮到紫式部的身體才讓她服藥……而且代替倒下的她帶領現場團隊，漂亮地完成電影——這不就好了嗎？」

「咦，不過這……」

「憎恨其罪，莫恨其人。」

說著，崔斯坦溫柔一笑。瑪修掩面向他道歉。

「真的……非常抱歉……」

崔斯塔將目光從瑪修身上移開，轉頭對我說道：

「好一個有趣的機會呢。今後如果需要用到我的頭腦，還請儘管吩咐。」

接著他睜開眼睛，對攝影機一鞠躬。

「那麼……謝謝各位觀賞名偵探崔斯坦。」

第四章
毛片

「好，卡！」

聽到莫里亞蒂這麼一喊，我不禁鬆口氣。這下子五個結局都拍完了。

「辛苦了，前輩。」

瑪修的慰勞話語，令我不禁露出笑容。

一時之間還擔心會出狀況，不過這麼一來姑且算是達成當初的目標了。

「雖然拍電影也是團隊作業，但是得到的成就感，又和創作同人誌那時候不太一樣呢。」

盤起雙臂的貞德 Alter 感慨萬千地說道。我表示同意之後，便看見走進大廳的阿拉什跑向我們。

「喔，紫式部醒過來囉。」

瑪修催促似地看向我。

「前輩，我們走吧！」

我們走進房間時，式部已經下床等待。

「各位，這次真的讓你們費心了。」

式部深深低下頭，看得出她滿懷歉意。

「那是個不幸的意外，紫式部妳沒有錯啦。」

「那、那個，所以拍攝工作怎麼樣了？」

「其實在式部小姐沉睡的期間，我們好不容易把片子拍完囉。」

想讓紫式部安心的瑪修回答。

「咦，已經拍完了嗎？」

式部看起來想了解詳情，所以我在旁補充。

「中間都靠即興演出連起來，最後則準備了五種結局……雖然很辛苦，不過算是勉強搞定囉。對不對，瑪修？」

瑪修點點頭，接著說明：

「是的。目前穆尼爾先生還在趕工剪輯，不過毛片倒是有。不嫌棄的話要不要看看？」

「……好的，麻煩了。」

儘管式部臉上似乎帶有些許不安，我卻問不出口。

試映間的播放結束了。

最後連放五種結局令人胸口有些難受，但我覺得每一種結局都不壞。

「如何？」

我看向式部並詢問她的感想，發現她在流淚。但是從表情判斷，這並不是感動的淚水，反倒像是……

「啊，怎麼會這樣呢……」

式部顯然十分傷心。

「拍得這麼糟糕嗎？」

雖然自認為拍出了很有意思的電影，不過因為一直在拍攝，讓我覺得自己可能失去了客觀的判斷力。

式部平靜地搖搖頭，然後擦掉眼淚。

「不。對於繼續拍下去將電影完成的各位，我心裡只有感謝。只不過……都是我不好。」

說是這麼說，但是她看來沒打算把哪裡不好說出口。而且仔細一看，眼裡又泛起淚水了。照這樣下去，實在沒辦法問出她的真心話。

此時安徒生的立體影像浮現。

「式部啊，我認為有話想說就該在這裡說出來。」

「不，我根本沒資格說那種話……」

接著福爾摩斯也以立體影像現身，並且開了口：

「很遺憾，這個事件有時限。就讓我省略掉那些吊人胃口的問答吧。這部電影的舞臺背景和登場人物，其實是她過去所寫的《源氏物語》的變奏。」

「咦，是這樣嗎？」

我不禁出聲。另一方面，安徒生則是滿臉怒容。

「福爾摩斯！你不懂什麼叫體貼嗎？這種話就連我都會猶豫，真虧你能口無遮攔地說出來。」

旁邊聽的瑪修也相當傻眼。

「對於《源氏物語》我雖然只有些片段的知識，不過這麼一說，確實……」

「……雖然事到如今才解釋很對不起大家，不過就和福爾摩斯先生說的一樣。米格爾和加布里艾菈的關係，是比照光源氏和紫之上。年幼時被米格爾收養，培育成一位淑女的加布里艾菈……如果她突然得到自由之身，究竟會發生什麼事呢？我安排了一個能夠模擬這種情境的背景。」

如果大家一開始就共享這個概念，拍攝過程不知道會輕鬆多少……

「王子和他的隨從、醫生、天才藝術家、神祕的偵探們、忠實的僕人，還有壞心眼的歌姬……不過關於舞臺背景和登場人物，有一部分是從我自己的人生取材後融入其中。我原本的構想，是以加布里艾菈為中心，上演一齣充滿各種愛恨情仇的戲碼。」

莎士比亞的立體影像也跟著現身並插嘴。

「居然是由紫式部本人重寫……更正，重新建構《源氏物語》，這未免太豪華了吧。換句話說安東尼奧是在原業平，艾莉絲則是清少納言吧。從那個鳳凰紋章看來，鳴鳳莊就是平等院鳳凰堂……」

莎士比亞注意到自己愈說、式部的表情愈黯淡，連忙緩頰。

「呃，不過這些都不重要了啦。話說回來，就吾輩的感覺，加布里艾菈本來預定是要和薩拉查結合，有沒有猜對？」

聽到莎士比亞這麼說，式部垂下頭。

「加布里艾菈雖然和薩拉查很親密，但是半途她會發現，薩拉查就是她那位在戰爭中失憶的親生哥哥……大藏。所以，兩人不會結合。」

「加了薰大將和浮舟的要素啊。不，機會難得想貪心一點，這種心情我懂。」

安徒生輕聲咕噥。

「照這樣看來，我們的推理也是雖不中亦不遠嘛。」

「所以，其實薩拉查原本也是想請岡田先生來演的。」

「嗯……我認為不選以藏而選巴索羅繆是個好判斷。」

意外就是從那裡開始，真虧我們有辦法拍完。

「所以，妳原本預定最後要和誰湊在一起？如果沒聽到這個，總覺得心裡不太舒服對吧。」

妳就不能講得婉轉一點嗎……

對於貞德 Alter 這個直接的提問，式部同樣搖了搖頭。

「沒能符合大家的期待實在很抱歉……加布里艾菈不會和任何人結合。」

「啊？」

「真要說起來，米格爾和加布里艾菈雖然表面上是夫婦，實際上卻是養父和養女的關係。」

「為什麼要弄成這麼複雜的關係啊？」

「是單純的養女或遺孀，會讓男性的求愛方式有所不同。」

「是為了留下來的養女著想，才會這麼做啊。知道人家是首任總統的遺孀還能愛上她，需要有足夠的膽識呢。」

式部對薩里耶利這番話表示肯定。

「所以劇中男性接近加布里艾菈都是各懷鬼胎。她雖然用自己的方式打探對方有多喜歡自己……不過在某個瞬間，加布里艾菈發現米格爾才是唯一沒在愛情之中放入任何算計的男性。」

莫里亞蒂「喔？」地開了口。

「嗯，看到肖像畫底稿時妳給北齋的指示原來是這個意思呀。既然安排了這種結局，那麼肖像畫看起來像父女會比夫妻來得好。」

「所謂的作家……真的是種貪心的生物呢。」

式部彷彿要懺悔一般，佇立不動。

「剛答應希翁小姐時，我本來打算弄得簡單一點。但是一發現能用『任務』的名義，自由地為迦勒底這些古今東西的英靈安排角色並指揮大家，慾望就冒出來了。我想用最優秀的陣容，完成一個只有現在的我才寫得出來的故事……」

「這個嘛……這種機會應該不會有第二次吧……」

儘管覺得自己多嘴，我還是忍不住這麼開口。

「即使知道超出自己的能力範圍，我還是抵擋不了慾望。所以這個結果對於自不量力的我來說，恐怕也是必然。」

「但是拍電影不屬於妳的專業領域吧。不用硬是在這裡拍完，等有空的時候慢慢寫新作不就好了嗎？」

對於我的疑問，式部搖搖頭。

「妳可能以為作家會寫就好，不過那只是因為，我的時代除了書寫之外沒有其他留下故事的手段。但是在現代，故事會透過各式各樣的媒體傳播……當然，我對於自己所寫的東西有相稱的信心，但是『電影』這種形式，還有大家通力合作完成作品的手法，讓我很感興趣。」

式部的煩惱，說穿了或許就是這麼回事。

自己的才能之所以受到認同，會不會只是因為生在那個時代呢……還有，自己的才能在這個時代行得通嗎……

真是貪心啊。式部的才能明明已經受到大家認同，她依然忍不住想用這種方式重新確認。

「說要挑戰新事物，卻用自己的代表作和自己的人生拼湊出劇本，這根本就是自我陶醉……」

聽到式部自虐地這麼說，瑪修連忙試著打圓場。

「如果這個故事能拍出來，應該會是一部非常精采的電影。」

瑪修說完，轉念一想又補充：

「不，現在就拍也……」

但是希翁的立體影像打斷了她。

「很遺憾，時間到了。三小時之內攝影空間就會崩毀大部分。雖然特異點消滅還要再晚一點，但是沒空拍那麼多畫面。」

「那個……不能只重拍結局嗎？」

「當然，如果想這樣做我是不會阻止你們，但是了不起也就拍完幾個鏡頭喔？把剪輯時發現的各場面之間矛盾處理掉已經是極限，我實在不覺得能弄成符合紫式部期望的故事。」

瑪修還想堅持，卻被希翁直接駁回。看見瑪修遺憾的模樣，式部焦急地開口。

「瑪修小姐，真的不用在意我。」

「可是……」

「當事者式部都這麼說了，妳還是忘掉吧。」

安徒生以嚴厲的口吻制止瑪修。希翁見狀，對大家這麼說道：

「暫時還是請大家在特異點待命吧。一旦剪輯中發現什麼不對勁的地方，隨時都可以重拍。」

和瑪修兩人在走廊上移動時，她突然拉住我的袖子。

「前輩……這樣真的好嗎？」

「瑪修……」

我不知該對她說什麼。瑪修顯然無法接受希翁的指示。

「對於和大家一起創造的這些結局，我沒有不滿。可是，知道式部小姐原本描繪的結局之後，我實在靜不下心來。」

「嗯。如果可以，真希望能拍個讓式部滿足的結局呢……」

儘管我是要肯定瑪修的心情，瑪修臉上的陰霾卻沒消散。

「一點也沒錯。雖然沒錯……心情卻很矛盾。如果肯定式部小姐期望的結局，就像在否定和大家一起奮鬥的時間……我不希望因為走到錯誤的結局，就讓這段時間變得毫無意義。」

我也不希望讓這段時間變成白費力氣。可是另一方面來說，產生了許多不符合期望的結局也是事實。

「結局這種東西，本來就只會有一個，所以我也知道這是我的任性。」

瑪修這句話令人心痛。早知道心情會這麼複雜，或許該在誕生前就把它剪定。畢竟自己是御主，應該還有說這種話的權限才對。

「但是，就這麼等待剪輯結束真的好嗎……前輩，能不能想想辦法？」

給讀者的挑戰

那麼……這個故事到此為止的部分，應該算是問題篇吧。

那個偵探講得很好，所謂的謎題，要先有懷疑才會誕生。因此，直到你們有所懷疑之前，我刻意保持沉默……不過已經夠了吧。

要解開的謎題只有一個。那就是，該怎麼解決此刻瑪修的煩惱。無論點子有多少，故事的結局仍舊只有一個。這點實在是沒有辦法。但是如果有個能夠將式部的心願和各位的努力合理兼顧的解存在呢？

當然，正如希翁一再重複的，已經沒辦法整部重拍了。

這個嘛，雖然只要翻開下一頁，解答篇就會開始，不過在那之前稍微想一下，或許也很有意思喔？

終章

復活的「鳴鳳莊殺人事件」

我……該怎麼回答瑪修才好呢？

正當我煩惱如何回答時，莫里亞蒂從走廊另一頭飄然現身。

「喲。」

莫里亞蒂微笑著打招呼，朝我們走來。接著他若無其事地這麼說道：

「其實，關於妳們所煩惱的事，我有一個提議。」

「該不會有什麼好主意？」

瑪修不安地詢問。

「雖然不敢說是最佳解，但是應該能迴避妳們所想的最糟結果。沒錯，只要由我當主角就行了。」

「咦——!?」

我不由得驚叫出聲。

「怎麼啦!?」

貞德Alter飛奔而來。其他聽到我大叫的演員也先後聚集到走廊上。

「呃，莫里亞蒂說他有『完成』這部電影的方案……」

此話一出，大家都看向莫里亞蒂的臉。莫里亞蒂有些尷尬地開口。

「……福爾摩斯聽到大概又會亂猜，不過話要說在前面。我並不是想擔任這部電影的主角。還有，我也沒打算洗白自己的形象。只是考慮到你們的心情之後，認為由我當主角最能讓事情圓滿收場。」

奧茲曼迪亞斯一臉訝異地這麼問道：

「換言之，是要把米格爾・安赫爾・柯提斯當成主角？」

「當然。」

「實在不太可能吧。你想一想你被描寫得有多壞？這部分才真的是現在重拍也救不回來。」

我並沒有要否定莫里亞蒂，但是貞德 Alter 說得沒錯。事到如今不管怎麼做，他的壞蛋形象都已深植人心。

但是莫里亞蒂顯得不痛不癢。

「我倒不這麼認為。而且最重要的是，已經全部拍完了！」

所有人都大吃一驚。

「呃，講得太誇張了。不過，幾乎都已經搞定是真的。」

「這話是什麼意思啊，莫里亞蒂？我完全聽不懂你在講什麼……」

薩里耶利問道。

「這個嘛……好比說，你們之前很擔心突然倒下的紫式部對吧？」

「對，那是當然……」

「既然如此，這一幕不就能加以利用，成為『擔心加布里艾菈』的場面嗎？」

對啊……為什麼沒想到這點呢？

「不止這樣喔。還記得嗎，開頭部分剛拍完時有這麼一段對話。」

「居然這樣就結束……還真是平淡呢。」

「我原本以為你會先放棄呢。看來是我比較沉不住氣。」

「只要是主君的命令，我一定會做到。無論有多麼艱苦都一樣。」

「你這種耿直個性，就某方面來說還真令人羨慕呢。」

「確實你們兩人有過這段對話……但是那又怎麼樣？」

我一這麼問，莫里亞蒂便揚起嘴角。

「放棄和起事……妳不覺得可以利用這點嗎？」（註1）

聽到這句話的瞬間，我靈光一閃。

如果將此處的「放棄」改為「起事」，就能順理成章地將「米格爾代替為了盡忠而無法發動政變的柳採取行動」這個理由放進劇中。雖然有發音的問題，不過這種時候該忽略掉細節。

「……就像這樣，我認為只要精準地將立香拍來當紀錄片的部分插進去，就能讓米格爾這個人物的形象產生很大的轉變。」

「該不會……我們到目前為止的奮鬥，全都會成為材料？」

「就是這麼回事。當然，不至於什麼都放進去。」

除了補拍之外，再將應該能用的片段挑出來剪輯……雖然看來不容易，卻有了一線希望。

「該怎麼說……雖然利用電影幕後這點和我一樣……但是規模完全不同。」

崔斯坦似乎大受打擊，不過想到要這麼做的莫里亞蒂會負責應付他。

註1 原文為「放棄」和「蜂起」，日文的「蜂起」指聚眾暴動、叛亂，與「放棄」同音。

此時希翁的立體影像浮現。

「哈~好一個奇妙的主意呢，讓我不禁感到佩服。不過時限沒辦法改變，所以就這樣了。這個嘛，穆尼爾如果努力到極限或許還趕得上就是了……」

不過，從她的口氣聽來，應該是會盡可能幫忙的意思。

最重要的是，瑪修似乎也有了幹勁。

「好的，那當然。不過我們會努力到最後一刻。對不對，式部小姐？」

聽到瑪修的呼喚，式部點點頭，眼裡閃耀著堅定的光芒。

「這根垂下地獄的蜘蛛絲……我絕對不會讓它白費。」

「話說回來，妳打算把故事塑造成什麼樣子？」

儘管看見了希望，我還是想確認式部的意願。

「這個嘛……我想讓它變成『因為錯誤而對人生絕望的加布里艾菈，察覺養父的愛情』的故事。」

然而式部臉上的不安已經消失無蹤。大概是找到方向了吧。

大家為了喚醒喝下毒藥的加布里艾菈而奮鬥……過程中逐漸發現米格爾這個人的真面目——或許會是這種感覺。

莫里亞蒂一臉得意地開口：

「雖然和原本所想的不一樣，不過的確成了米格爾和加布里艾菈的故事對吧？不過嘛，由於加布里艾菈的戲分不多，所以從結果來說，等於由米格爾當主角就是了。」

「原來如此，你所看的是這個終點啊。」

福爾摩斯的立體影像出現，他的表情似乎不太高興。

「在已經別無他法的時機才說出來，就能輕而易舉地奪得主角寶座。」

莫里亞蒂一副毫不在意福爾摩斯挖苦的模樣回答：

「唉呀呀，不要講得那麼難聽。我會注意到自己的舉動能利用在電影裡，是個偶然喲。更何況，這絕對不是我的本意。幕後黑手走到臺前根本就是個笑話吧？」

福爾摩斯似乎已經放棄追究，這麼說道：

「算了，一個自認為是創造性藝術家的傢伙，也沒什麼機會能幫上別人的忙。你就拚上老命好好努力吧。」

「也是。我在努力時會小心別閃到腰的。」

說完，莫里亞蒂對我溫柔一笑。

「好啦，那麼……動工吧，立香（My girl）？」

「鳴鳳莊殺人事件」破・急

加布里艾菈躺在床上，大家緊張地守望著她。此時換上便服的艾莉絲走了進來。

「所以……狀況怎麼樣？」

洛瑪回答了艾莉絲的疑問。

「似乎沒有性命危險。只不過，不曉得她什麼時候才會清醒。」

「準備飲料的是你？」

艾莉絲一臉憤怒地找上薩拉查。薩拉查儘管困惑，卻還是為自己辯解。

「呃，的確是我把飲料端來……但是我根本沒空加什麼奇怪的東西進去。」

阿德麗安娜伸出援手。

「請等一下。如果我沒看錯……在進會場之前，她好像服用了某種類似藥物的東西。」

阿德麗安娜看向加布里艾菈，這麼說道。不過，安東尼奧顯得難以接受。

「喔，派對主角出於自身意志服毒？這可就難懂了呢。」

「真奇怪。到目前為止的一切都是由她安排，根本不需要自己毀掉。」

加西亞也很納悶。

「雖然不知道她為什麼要服藥，不過至少薩拉查先生應該是清白的……我是這麼認為。」

聽到阿德麗安娜的疑問，艾莉絲沉思了一會兒，接著這麼回答：

「……欸，這麼想如何？加布里艾菈是因為絕望而服毒。」

洛瑪露出心領神會的表情，但是立刻搖頭。

「不過假如這是真相，我們無能為力。如果她已經心死，即使醒來也只會重複同樣的行為。」

巴爾加斯對洛瑪這麼提議：

「由我們排除她絕望的原因怎麼樣？當然，必須從尋找原因開始才行。」

「為此必須弄清楚她對什麼絕望，又是為什麼要尋死……」

看見伊西多祿煩惱的樣子，艾莉絲聳聳肩。

「我倒是隱約想像得到。」

「喔？」

「年紀還那麼小的時候就被買下整個人生……即使那個老頭死後能繼承遺產，也沒辦法填補內心的空洞。如果是我就會選擇死亡。」

「不管要下什麼結論，都需要證據。」

巴爾加斯對洛瑪這句話表示同意。

「決定了。那麼我在屋內搜索，或許會找到什麼線索。」

「嗯，大家分頭找。那就一組人去書庫，另一組人去倉庫好了。」

洛瑪這麼說完，薩拉查便提議：

「既然如此，就由我去倉庫吧。」

「不，要去就和我一起去吧。這也是為了以防萬一。」

巴爾加斯對薩拉查的提案有意見。

「……這樣啊。那我們就一起去吧。」

大概是覺得對方不信任自己吧，薩拉查顯得有點難過。

「別誤會，我並沒有懷疑你。不過，有人互相作證比較好吧？」

「確實，如果是由兩個人去，任何一邊出事就會讓另一邊遭到懷疑，所以沒辦法亂來……」

薩拉查點點頭，似乎明白巴爾加斯的用意。

「方才失禮了。那麼我們走吧，巴爾加斯先生。」

加西亞笑著目送兩人離開房間。

「喔，路上小心啊。畢竟不曉得會發生什麼事嘛。」

加布里艾菈的房間。就在眾人等待巴爾加斯與薩拉查時，某處傳來巨響，房間也微微搖晃。

「你們剛剛有沒有聽到什麼聲音？」

對於阿德麗安娜的疑問，艾莉絲點頭表示肯定。

「……應該不是錯覺吧？」

「該不會，他出了什麼事？」

加西亞立刻就想衝出房間。洛瑪見狀，這麼提議：

「我能體會他的心情。為了保險起見，把房門鎖上，大家一起去確認吧。」

大家衝入倉庫後，發現巴爾加斯與薩拉查倒在地上。

「巴爾加斯……喂，騙人的吧？」

加西亞衝到巴爾加斯身旁。在這種情況下，洛瑪仔細地檢查兩人的身軀之後，搖了搖頭。

「兩人都死了。漂亮的同歸於盡。」

「哪邊先動手的？」

「他不可能做出這種卑鄙的事！」

對於艾莉絲的疑問，加西亞反應非常激動。洛瑪就像要安慰加西亞似的，陳述自己所看到的。

「嗯，巴爾加斯背部有傷。應該是被人家從背後砍的吧。」

「或許是打算一擊殺掉巴爾加斯，再將屍體藏起來。但是沒能得手，所以演變成戰鬥……」

聽到安東尼奧的推論，加西亞低下頭。

「如果他的狀態萬全，就算好幾個人一起上也打不倒的。他一定是知道自己沒救了，於是認真地戰鬥。」

調查完藥品櫃附近焦痕的阿德麗安娜，這麼告訴大家：

「會不會是兩人打鬥時，裝有危險藥品的瓶子摔到地上，才引發了爆炸聲？」

「也就是說在那個時間點，薩拉查已經沒有辯解餘地……如果他還活著，事情就簡單了。」

阿德麗安娜表現得很像個偵探助手，然而伊西多祿卻只是站著不動。

「話說回來，偵探先生倒是很安靜呢。」

「老、老師的別名是『沉睡的伊西多祿』，推理時非常安靜喔。」

聽到艾莉絲的諷刺，阿德麗安娜趕緊幫忙解釋。至於伊西多祿本人，這才總算像是附和助手般開了口。

「……就是這樣。這段時間內，我的腦袋都在徹底研判各式各樣的可能性。」

「剛剛不是叫死神伊西多祿嗎？」

「……沉睡與死亡算是兄弟。沉睡的伊西多祿與死神伊西多祿是表裡一體。」

「所以啊，不要裝模作樣，有話就直接說。」

儘管艾莉絲語氣焦躁，伊西多祿卻不為所動。

「不能在這裡說。犯人會聽到。」

「喔？意思是犯人就在我們之中？」

對於洛瑪的質疑，伊西多祿以笑容帶過。

「任君想像。不過，我可以告訴大家。沒有我伊西多祿・波基歐里解決不了的案件。請各位儘管放心。」

加布里艾菈的房間。除了加布里艾菈之外，還有艾莉絲和安東尼奧在場。

「……大家好慢啊。」

靜不下來的艾莉絲在房間內走來走去。

「他們去調查之後，已經兩個小時沒回來了吧？」

「可能出了什麼意外，或者發現什麼端倪。但是，我們只能待在這裡祈禱是後者。不過，照理說他們是集體行動，除非發生什麼誇張的狀況，否則應該會平安回來。」

艾莉絲同意安東尼奧這番話，但是馬上又這麼問道：

「……欸，叔叔，薩拉查的主人是米格爾對吧？但是那個米格爾已經死了……有什麼事會需要他犧牲性命去做嗎？」

對於艾莉絲的疑問，安東尼奧想了一下。

「假如米格爾是以恐懼支配薩拉查，那麼枷鎖應該已經卸下了。」

「更何況，失憶的薩拉查也沒有能當成人質的家人吧。」

「艾莉絲，妳會對死人盡忠到這種地步嗎？」

「不，做不到。我很重視自己的性命……」

「對，一般來說是這樣。我也是。」

說著，安東尼奧似乎注意到了什麼。

「不對……那麼薩拉查下手殺人，會不會是完全出於忠心的行動呢？」

突然，插入一段薩拉查帶著滿足微笑的回憶場面。

他一副隨時都會消逝的模樣，這麼說道：

「主人……非常感謝您，讓原本會無所作為就消失的我，有了新的存在意義。但是留下您的障礙就逝去，實在令我無比內疚。無法奉陪到最後這點，還望您見諒。」

「雖然和截至目前為止的考察有所矛盾，不過這麼一來表示米格爾有此品德。雖然我們無從知曉薩拉查在想些什麼。」

安東尼奧剛說完，洛瑪、伊西多祿、阿德麗安娜就回來了。

「歡迎回……怪了，加西亞呢？」

聽到艾莉絲的問題，阿德麗安娜面露憂色。

「加西亞先生大喊一聲『有個地方無論如何都得確認』，然後就跑掉了……此刻他人在那裡，就連我們也……」

「不過除了他以外的生存者都在這裡，除非還有別人躲著，不然可以認為他很安全。」

「而且……我們有些收穫。」

洛瑪晃了晃手裡的信封。

「首先，找到了加布里艾菈就是大藏之妹的資料。」

艾莉絲神情複雜，只回了句「這樣啊……」。

「不過嘛，這件事和我預期的一樣，所以我不會驚訝。但是，假如那個人……米格爾・安赫爾・柯提斯並不是出於私慾，而是為了自己以外的眾人行動……你們會不會驚訝呢？」

「你在說什麼啊？米格爾這老頭是自私自利的集合體吧？」

艾莉絲憤慨地大喊，阿德麗安娜出言安撫。

「……我們找到了王國在革命前夕的正確統計數據。而且，從這個統計數據可以知道……當時的納戴・那達王國已經病入膏肓。」

「怎麼會……」

艾莉絲啞口無言，伊西多祿則是進一步追擊。

「首任總統閣下無疑是掌握這份統計數據之後，才會有所行動。」

「那麼，米格爾的政變以結果來說沒有錯？」

「所以我們必須重新思考，米格爾・安赫爾・柯提斯究竟是不是壞蛋……」

米格爾和柳在王宮的對話場面再度浮現。

「那麼，譚將軍……能不能請您投降呢？大家都這把年紀了，您也不會想受些無謂的皮肉傷吧？」

「被你擺了一道啊，柯提斯。」

譚將軍皺起眉頭。

「倒不是我不服輸。我早就知道，你的部隊會選擇先觀望；但是我原本認為，即使如此依舊能拿你們當牽制叛軍的稻草人。那麼，就該趁你們互瞪時從背後收拾叛軍。」

名叫柯提斯的男子，彷彿要對譚將軍的判斷表示讚賞般輕輕拍手。但是，他的眼裡沒有半點笑意。

「不愧是譚將軍，一點也沒錯。就因為這樣，才需要出乎你的意料。」

「只是沒想到，你居然會暗算我。你們的奇襲已經讓我軍潰敗，不過，接下來你打算怎麼辦？難道只靠你們的部隊能壓下叛軍？」

「這就是重點。你太正經了。其實我已經和革命軍談好囉。一旦控制王宮，我就會成為新政府的代表。畢竟，他們也不想流無謂的血嘛。」

「……邪魔歪道。想不到你已經腐敗到這種地步。」

譚將軍忿忿地說道。

「別怪我啊，譚將軍。不，或許該說都是你不好吧。」

此時畫面切換，換了個角度捕捉米格爾的臉。但是他的表情一點也不像壞蛋。

「我原本以為你會先起事呢。看來是我比較沉不住氣。」

但是柳氣定神閒地這麼回答：

「只要是主君的命令，我一定會做到。無論有多麼艱苦都一樣。」

「你這種耿直個性，就某方面來說還真令人羨慕呢。」

「……身為武人的忠義，確實在譚將軍這一邊。但如果真的為納戴・那達王國著想，應該由譚將軍發動政變。」

聽到洛瑪這麼說，艾莉絲瞪大了眼睛。

「那麼，那個老頭是因為納戴・那達到了極限才背叛王室？」

「……王室腐敗是事實。待過宮廷的我也承認這點。即使那個時候米格爾沒有背叛，遲早還是會滅亡吧。」

洛瑪對安東尼奧這番話表示肯定。

「我並不是要幫那個人說話，但是革命軍絕對算不上強大。那天晚上，如果我們和譚將軍的部隊夾擊，革命軍必然敗北。這麼一來，殘黨大概會躲起來變成游擊隊吧。」

「到時候只會陷入深不見底的內戰泥沼……使得納戴・那達更為疲憊。」

說著，伊西多祿輕輕嘆口氣。

「要是變成那樣，我多半就沒辦法像這樣唱歌了呢……」

「實在有點難以置信，不過很合理。假如那個男人是認清這點才竊國，那不就成了英雄嗎？」

「以英雄來說染上的鮮血實在多了點。另外我個人要找的東西也找到了，雖然是一份報告。」

說著洛瑪將一疊看似文件的紙張攤開。

「這是大藏的死亡紀錄。他果然死在那一晚，好像是和譚將軍同歸於盡。不，正確說來有些不一樣就是了。根據這份紀錄，似乎發生了這種事……」

大藏往畫面逼近。

「真要說起來，我是剛剛才知道這樣就沒了。你該不會……是在騙我？」

儘管沒拔刀，大藏的身體卻散發出殺氣。

正當我煩惱該怎麼辦時，柳已經擱在大藏面前。

「……看來野狗需要管教一下。」

說著，柳拔出愛刀。

「哈，我還嫌不過癮呢。」

大藏面露喜色，揮刀砍向柳。

劍術高手之間的戰鬥，動作快到眼睛實在追不上。

大藏的出招次數壓倒性地多。他的劍技依然俐落，斬、刺、掃之間不留空隙。

面對這種風暴般的連環攻擊，柳始終在千鈞一髮之際閃過。

經過數回合的攻防……時候到了。

「哼！」

柳抓準攻擊的些許破綻，對準在短短一瞬間沒設防的大藏身軀揮出一刀。

「嗚喔喔喔！」

大藏挨了柳一擊，摔倒在地。沒有反應，顯然已經死亡。

「真是不簡單。一時之間我還在想會怎樣呢。」

方才躲起來以免遭受牽連的米格爾走了回來，立刻注意到柳的狀況不對勁。

「唉啊，有血……」

柳的身體滲出血來。看樣子他沒能完全制住大藏的劍。

「……那人是隻沒戴項圈的凶暴野狗，有這種結果也是難免。」

「把這種吃虧的工作丟給你，實在很抱歉。」

「我倒不這麼認為。究竟是哪一邊吃虧，不到結束不會曉得……我先走一步，之後拜託了。」

洛瑪神色黯淡地收起死亡紀錄。

「……譚將軍的行為雖然不可原諒，卻能夠理解。大藏顯然無法適應新時代。想必譚將軍是扛起了責任，斬殺大藏。然後那個人也知道大藏有妹妹……」

洛瑪看向加布里艾菈。

黑暗中，加布里艾菈依然閉著眼睛。此時她的聲音流瀉而出。

「我和那人初次見面是在哪裡呢……對了，是街上的圖書館……我在那裡等待哥哥。」

圖書館裡，少女一臉固執地這麼說：

「……我在這裡等他回來。」

米格爾眼中漾起深沉的悲痛，對她搖搖頭。

「小妹妹……很遺憾，妳還是死心比較好。當成他再也不會回來，心裡會舒坦一點。」

聽到米格爾這幾句話，少女難過地低下頭。

「是這樣嗎？既然如此……我該怎麼辦才好？」

米格爾彷彿要安慰她一般，柔聲說道。

「跟我來吧。無論妳想要什麼，我都會幫妳準備。」

「沒錯……那人從一開始就很溫柔。完全沒透露哥哥已死這件事……為了安慰孤單的我，買了很多東西送給我。」

洛瑪再度開口：

「那個人認為自己也該對大藏的死負責，於是收養了大藏的妹妹加布里艾菈。在旁人眼裡，大概只會覺得他是在滿足私慾……真是的，他把自己的真心隱藏得真漂亮啊。」

洛瑪苦笑，艾莉絲則是出言反駁。

「根本不是什麼美談。在我看來就跟失蹤沒兩樣。」

接著她露出溫柔的表情，看向沉睡中的加布里艾菈。

「但是她也沒過上苦日子。真的是太好了……」

突然，加西亞氣喘吁吁地衝進房間。

「看看這個！」

加西亞手裡拿著信封。

「……你在哪裡找到的？」

對於洛瑪的質疑，加西亞先調勻呼吸之後才回答。

「我試著從我的角度，去思考薩拉查襲擊巴爾加斯的理由。恐怕……在巴爾加斯遭到攻擊之處，藏有什麼重要的東西。巴爾加斯偶然靠近那裡，導致薩拉查認定巴爾加斯是竊賊……於是我想，只要搜索兩人打鬥的地點附近，應該能找到些什麼。一番調查之後，我找到一個隱藏的小金庫。不過鎖頭能夠輕易破壞掉就是了。」

「在裡面只找到一封信啊。薩拉查是不是弄錯拚命的地方啦？」

但是收信人寫著加布里艾菈。至於寫信者則是米格爾・安赫爾・柯提斯本人。

「該不會……這裡面寫著加布里艾菈的祕密？」

「原本只有加布里艾菈有權開封，不過情況緊急。」

洛瑪拆開信件。

畫面轉為寫信的米格爾。

至於信件的內容，則由米格爾的聲音唸出來。

『加布里艾菈。當妳看見這封信時，我大概已經離妳而去。拆封的時機我交給薩拉查決定。可能三年後、可能十年後，也可能妳永遠都讀不到。無論如何，這種東西不過是我的自我滿足。

話說回來，有個詞叫做「偽善」。我非常討厭這個詞。對他人宣揚自己的善性，卻沒做出什麼大不了的善舉。這正是自我滿足的極致。就這點來說，我所做的善行更加具有實踐性——做自己想做的善，得不到別人理解也無妨。即使到頭來讓他人在背後指指點點也一樣。

如果有什麼東西非得弄髒手才能救，我會毫不猶豫地這麼做。但是，我背負了太多惡德，差不多到了極限。

敵人已經多到數也數不清，我什麼時候被暗殺都不足為奇。那些執法者，也是處心積慮要把我關進牢裡。而且最重要的是，自己漸漸變得做壞事也不會受到良心苛責，這讓我有了危機感。

所以在成為真正的怪物之前，我要殺了我自己。善後處理的部分，薩拉查會好好安排。就算發生問題，解決問題專家應該也會想辦法搞定。

在我死後請來這間屋子的賓客，全都是有可能成為妳朋友的人。妳可以藉由這個機會，找到屬於自己的愛情，或者培養友情也行。

可能是因為做出那些事，我始終和親情無緣。這樣的我，唯一的親人就是妳。這十年，我真的很幸福。

無論如何，我都愛妳的未來。』

加布里艾菈的房間。眾人默默聆聽洛瑪朗讀信件。

「……米格爾・安赫爾・柯提斯筆。給我親愛的女兒，加布里艾菈。」

讀完信件的洛瑪，看向伊西多祿和阿德麗安娜。

「原來如此，你們就是解決問題專家呀。」

伊西多祿露出苦笑。

「既然拿出了不動如山的鐵證，我就老實招認吧。嗯，就是這樣。我們的工作並不是追究真相，而是讓麻煩事漂亮地收場。」

「短期內雖然還有『該怎麼讓巴爾加斯先生和薩拉查先生的死有個合理解釋』這項工作要處理，不過加布里艾菈小姐畢竟保住了性命，因此這算不上什麼艱鉅的任務。」

阿德麗安娜身上畏畏縮縮的氣息消失得無影無蹤。彷彿先前那些表現全都是演出來的。

「那些傢伙全是笨蛋，都擅自做些蠢事後送命……」

艾莉絲悶悶不樂地嘀咕，並且看向加布里艾菈。

「但是妳根本不需要陪這些傢伙一起當笨蛋吧！」

說著，艾莉絲走到加布里艾菈身旁，握住她的手。

「所以，快點醒過來。求求妳……」

就在這個瞬間，加布里艾菈睜開眼睛。

「加布里艾菈？」

加布里艾菈坐起身子，看向眾人，然後開了口。

「……各位剛剛說的，我從途中就開始聽了。我的膚淺替各位添了許多麻煩，真的是非常抱歉。」

看見加布里艾菈低下頭，大家都鬆了口氣。看這個樣子，似乎不用擔心她會自殺了。

「還有……」

抬起頭的加布里艾菈，對艾莉絲微微一笑。

「謝謝妳的擔心，艾莉絲。」

艾莉絲漲紅了臉，一時之間說不出話。

「……既然有認出我，一開始就該這麼叫啦！」

儘管嘴巴上生氣，她卻沒放開握住的手。安東尼奧看在眼裡，感慨萬千地這麼下評語。

「真是的，妳離淑女還遠著呢……不過現在就連那張壞嘴也讓人心情愉快。」

「唉呀，艾莉絲以前就是這樣，嘴巴雖然壞卻很溫柔喔。」

洛瑪無視一旁僵住的艾莉絲，對加布里艾菈說道：

「妳已經自由了。肉體上是，精神上也是。接下來要怎麼辦，決定好了嗎？」

加布里艾菈遲疑了一下，然後明確地點頭。

「儘管巴爾加斯先生和薩拉查之間似乎有一場悲哀的誤會……即使如此，我還是想珍惜和他替我挑選的朋友們的緣分，好好活下去。」

聽到她的回答，洛瑪露出微笑。

「那就好，我也打從心底贊成。想必令兄也會感到欣慰。」

「我一直以為自己孤單無依，因此自顧自地感到絕望……實在是太傻了。」

「別在意，任何人都會犯錯。」

加西亞這句話，讓加布里艾菈點點頭。

「但是，有這麼多關心我的人，而且我總算發現……有人真心為我著想。」

於是加布里艾菈對不在場的人表示感謝。

「……真的很感謝你，爸爸。」

在場眾人毫不吝惜地鼓掌，祝賀鳴鳳莊女主人踏出新的一步。只有一個人——

伊西多祿・波基歐里例外。

深夜。有人敲了敲加布里艾菈的房門。

加布里艾菈開門後，看見伊西多祿站在走廊上。

「伊西多祿先生……有什麼事嗎？」

「其實我有件事想私下告訴妳。原本我考慮要把它埋藏在心底……」

伊西多祿就這樣輕聲說了些話。加布里艾菈露出難以置信的表情……隨即走出房間，跟著伊西多祿離開。

鳴鳳莊深處的陰暗房間。一位老人站在畫布前。老人拿著畫筆將顏料塗到畫布上，但與其說他是在畫畫，不如說只是在塗抹。

突然，伊西多祿和加布里艾菈踏入房間內。然而老人似乎沒注意到他們，只是持續動著畫筆。

伊西多祿什麼也沒說，默默點燈。老人的容顏隨之浮現。他正是照理說已死的米格爾・安赫爾・柯提斯。

「爸爸？」

加布里艾菈這聲呼喚，讓米格爾緩緩轉頭。但是，他的表情不知為何顯得相當迷惘。

「喔……哪位呀？」

聽到他的回應，加布里艾菈大受打擊地摀住嘴巴。

「那幅肖像畫明明也是出自閣下手筆……卻已經看不出半點影子了。」

米格爾筆下的實在不能稱之為畫，頂多勉強能看出好像是一對男女。

「他之前就有早發性失智症的跡象，雖然似乎一直拚命瞞著妳。」

「怎麼會……」

「最後閣下決定，與其讓人看見醜態，不如像這樣殺掉自己。大概是辦完自己的葬禮之後，緊繃的那根弦就斷了吧。之前能夠靠著藥和意志勉強壓下來像是個奇蹟。」

米格爾一臉驚訝地聽著兩人的對話。

「抱歉啊。雖然想替你們準備紅茶，但是我女兒年紀還小……」

聽到這句話，加布里艾菈低下頭。

「原本應該會由薩拉查負責照顧閣下。我接到的委託是，如果薩拉查沒辦法這麼做，就把閣下收拾掉。」

「收拾……」

明白伊西多祿這番話是什麼意思的加布里艾菈，瞪大了眼睛。

「以我的立場來說，是想尊重委託人的意願……」

下一瞬間，加布里艾菈已經擋在米格爾身前，彷彿要阻止伊西多祿動手。

「別這麼做！」

「可是……這樣好嗎？」

對於伊西多祿的詢問，加布里艾菈用力點頭。

「無論變成什麼樣子……他依舊是我爸爸。」

然後加布里艾菈抱住米格爾。

「爸爸。這一次……就讓我們成為真正的家人吧。」

鳴鳳莊一處房間。米格爾呆呆地望著一幅肖像畫。此時加布里艾菈端著紅茶現身。

「爸爸，紅茶泡好囉。」

「嗯？喔，謝謝。」

米格爾淡淡地喝著紅茶。

「欸，爸爸。下週又有派對。雖然客人也增加了不少，不過他們似乎還是願意來參加。」

「這樣啊。雖然我不太了解，不過應該是件好事吧？」

聽到米格爾這句話，加布里艾菈低下頭。

「是呀。很遺憾沒辦法帶爸爸一起出席。」

加布里艾菈臉上閃過一絲悲傷。但是她立刻恢復笑容，這麼說道：

「今晚吃爸爸最喜歡的野味喔。是親切的獵人先生替我們獵來的。」

「……嗯，似乎很美味呢。」

「是呀，味道真的很好，敬請期待囉。」

說完，加布里艾菈走出房間。

留在房間裡的米格爾放下茶杯，站起身來，走到肖像畫前。然後……說出這麼一句話。

「話又說回來……我畫得還真不錯呢。」

尾聲

迦勒底大圖書館。踏入館內的莫里亞蒂，認出一個人佇立在書櫃前的童謠之後，出聲呼喚。

「喲。」

「唉呀，叔叔。你跑去哪裡啦？」

約定沒有實現，讓童謠有些不滿。莫里亞蒂對她低下頭。

「抱歉，之前都在忙著修復特異點呀。不過也多虧了這樣，妳看。」

說著，莫里亞蒂拿出一本薄荷綠書皮的書，遞給童謠。

「唉呀，這該不會是……」

「嗯，妳之前在找的書……應該吧。畢竟到最後也受了妳不少關照嘛。」

莫里亞蒂這句話，令童謠疑惑地歪頭。

「……我什麼也沒做呀？」

莫里亞蒂聳聳肩。

「啊，別放在心上。好啦，快點讀讀看。」

莫里亞蒂再次遞出書本，於是童謠翻開那本書，默默地開始閱讀。翻頁的速度很快，能看出她沉浸在書中。

但是數分鐘後，她突然闔起書本。

「咦，怎麼啦？」

童謠對莫里亞蒂露出不安的表情。

「這本書感覺和我之前讀的不一樣。明明登場的人和舞臺都一樣，可是總覺得是在讀不一樣的故事……」

「這樣啊……看樣子果然失敗了。」

莫里亞蒂掩面嘆息。

「其實那本書碰上不幸的意外散掉了。我們雖然想盡辦法要修復它，可是不巧地上頭沒有頁碼……雖然好不容易編排到能夠看得懂，不過似乎變得和妳之前讀的故事完全不一樣了。」

沒說出自己就是把書弄壞的犯人，這點很符合莫里亞蒂的風格。然而，童謠似乎沒發現真犯人是誰，這麼說道：

「是這樣嗎？不過，這個故事也很有趣。」

「那就好。就算不是真話我也很開心。」

但是童謠沒有再度翻開書本。莫里亞蒂見狀，開口問道：

「咦……這個故事果然還是不有趣嗎？」

童謠輕輕搖頭。

「不，不是這樣的。要是就這樣看下去，會有和原本不一樣的結局等著對吧？這件事……讓我很害怕。」

看見童謠顫抖的模樣，莫里亞蒂蹲了下來，讓視線配合少女的高度，然後平靜地拍拍她的肩膀。

「不要害怕，試著往下讀吧。」

「為什麼？明明真正的結局已經不見了呀？」

「所謂故事的結局，不過只是把書翻到最後而已。如果不中意這個結局，把它忘掉就好。不……」

莫里亞蒂對童謠露出微笑。

「翻回喜歡的地方，從那裡開始重新想像就好——想像一個對妳來說最棒的真結局。」

《鳴鳳莊殺人事件》，各位覺得如何？

所謂的故事，不僅是未講述事物的集合體，在說完之前更具有無數的可能性。

換言之，選出一個結局的創作者，也是拔除其他各種可能性的殺戮者。

這一次同樣有許多遭到修剪的結局。拋下它們選擇這個結局，真的沒錯嗎……

這點只能由你自己判斷。

什麼，這樣就結束了？嗯，結束了。瑪修和紫式部滿足了嗎？微小特異點順利修復了嗎……我確實知道答案，不過說出來感覺是畫蛇添足。

最重要的是，以結果肯定選擇……不覺得這樣很愚昧嗎？

浮文字

FGO Mystery　困惑失措的鳴鳳莊考察　鳴鳳莊殺人事件
（原名：FGOミステリー　惑う鳴鳳莊の考察　鳴鳳莊殺人事件）

著　者／円居挽
發行人／黃鎮隆
副總經理／陳君平
副　理／洪琇菁
執行編輯／曾鈺淳
美術監製／沙雲佩
原作・監修／TYPE-MOON
美術編輯／方品舒
企劃宣傳／邱小祐、劉宜蓉
國際版權／黃令歡
文字校對／施亞蒨
內文排版／謝青秀
繪　圖／本庄雷太
譯　者／Seeker

出　版／城邦文化事業股份有限公司　尖端出版
台北市中山區民生東路二段一四一號十樓
電話：（〇二）二五〇〇—七六〇〇
傳真：（〇二）二五〇〇—二六八三
E-mail：7novels@mail2.spp.com.tw

發　行／英屬蓋曼群島商家庭傳媒股份有限公司城邦分公司　尖端出版
台北市中山區民生東路二段一四一號十樓
電話：（〇二）二五〇〇—七六〇〇（代表號）
傳真：（〇二）二五〇〇—一九七九

中彰投以北經銷／楨彥有限公司（含宜花東）
電話：（〇二）八九一九—三三六九
傳真：（〇二）八九一四—五五二四

雲嘉經銷／智豐圖書有限公司　嘉義公司
電話：（〇五）二三三—三八五二
傳真：（〇二）二三三—三八六三
客服專線：〇八〇〇—〇二八—〇二八

南部經銷／智豐圖書有限公司　高雄公司
電話：（〇七）三七三—〇〇七九
傳真：（〇七）三七三—〇〇八七

一代匯集／香港九龍旺角塘尾道六十四號龍駒企業大廈十樓B&D室
電話：（八五二）二七八三—八一〇二
傳真：（八五二）二七八二—一五二九
E-mail：hkcite@biznetvigator.com

新馬經銷／城邦（馬新）出版集團Cite（M）Sdn. Bhd.
E-mail：cite@cite.com.my

法律顧問／王子文律師　元禾法律事務所
台北市羅斯福路三段三十七號十五樓

二〇二〇年八月一版一刷

■中文版■

郵購注意事項：
1. 填妥劃撥單資料：帳號：50003021戶名：英屬蓋曼群島商家庭傳媒(股)公司城邦分公司。2. 通信欄內註明訂購書名與冊數。3. 劃撥金額低於500元，請加附掛號郵資50元。如劃撥日起 10～14日，仍未收到書時，請洽劃撥組。劃撥專線TEL：(03)312-4212 ・ FAX：(03)322-4621。E-mail：marketing@spp.com.tw

國家圖書館出版品預行編目資料

FGO Mystery 困惑失措的鳴鳳壯考察 鳴鳳莊殺人事件
/ 円居挽作；Seeker譯. -- 1版. -- [臺北市]
: 尖端出版：家庭傳媒城邦分公司發行,
2020. 08
面； 公分
譯自：FGOミステリー 惑う鳴鳳荘の考察
鳴鳳荘殺人事件
ISBN 978-957-10-8982-9(平裝)

861.57 109006594